연쇄유턴마라고 불린 사나이

시내버스 기사로 사는 뉴질랜드 이민자 이야기

연쇄유턴마라고 불린 사나이

시내버스 기사로 사는 뉴질랜드 이민자 이야기

펴낸날 1판 1쇄 2025년 1월 5일

지은이 김형진

펴낸이 Tardy Yum

펴낸곳 카프카의방

등록 2024년 1월 12일 제2024-000015호

주소 경기도 고양시 일산동구 강석로 152, 712-602

전화 031-903-2111

ISBN 979-11-986316-3-3 03810

연쇄유턴마
라고
불린
사나이

연쇄유턴마라고 불린 사나이

시내버스 기사로 사는 뉴질랜드 이민자 이야기

김형진 산문집

카프카의방

일러두기

1. 본 도서의 텍스트는 저자가 SNS에 자유롭게 쓴 글을 저본으로 삼고 있고 발화의 형식이 1인칭 주인공 시점인 점을 감안해 가급적 원전의 정서와 느낌을 살리기 위해 인터넷 용어와 속어, 축약어 등의 사용을 존중했고 맞춤법의 규정에 맞지 않는 경우도 문맥을 고려해 그대로 표기했음을 밝힙니다. 다만 지나친 비속어는 순화했습니다.
2. 뉴질랜드 이민자의 일상 속 에피소드가 전하는 핍진성과 사실성을 살리기 위해 현지에서 통용되는 영어의 경우 영어 철자를 그대로 사용하기도 했습니다.
3. 저자는 여러 이민족이 모여 공동체를 이루는 뉴질랜드의 풍속과 로컬 정서를 독자들에게 전달하기 위해 현지 대화를 한국 각 지방의 사투리로 번안해서 사용했음을 밝힙니다.

시작하는 말

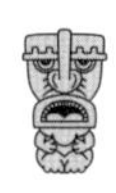

"뉴질랜드에서 버스운전하는 주정뱅이 꼴빠아재입니다."

제 페이스북의 대문짝에 씌여 있는 저를 소개하는 간략한 문구입니다

이 글 쓰고 있는 시점으로부터 약 10년 전 뜻한 바 있어 말 그대로 ○○두 쪽 달랑 차고 이곳 뉴질랜드New Zealand로 이민을 오게 되었습니다.

오자마자 운 좋게 식당에서 일자리를 구할 수 있었으나 나이 먹고 재주 없고 돈 없는 이민자들이 흔히 그러듯 영주권에 간 쓸개 저당 잡힌 채 영혼을 쪽쪽 빨리다가 두 군데의 식당에서 일 못한다고 쫓겨나고 간신히 구한 다른 곳에서는 식당이 망해서 나오고, 다 쓰자면 따로 책 한 권 써야 할 정도로

파란만장한 스토리가 넘쳐나지만 별로 웃기지 않은 얘기가 많은 관계로 이쯤에서 패스합니다.

어쨌든 우여곡절 끝에 약 5년 만에 영주권을 받고 나서는 지긋지긋한 식당에서는 더 이상 일하기 싫었고 무슨 일을 해서 먹고살까 고민하다가 지인의 소개로 시내버스 운전을 시작하게 되었습니다.

어두운 주방에 오랫동안 갇혀서 지내다가 밝은 곳으로 나오니 참 좋더군요. 아름다운 뉴질랜드의 풍광을 감상하면서 이리저리 돌아다니는 것까진 좋았는데 여러가지 이유로 정신줄 놓고 다니다 보니 가끔 아니 솔직히 자주 노선 이탈을 하고는 유턴이나 '빠꾸'를 하는 경우가 있었죠.

이를 지켜보시던 친애하는 페이스북 친구님께서 '연쇄유턴마'라는 멋진 별명을 선물해주셨습니다.

저를 만나보신 분들은 잘 아시겠지만 빼어난 용모에 뛰어난 언변을 갖추고 있어 버스 운전을 하면서도 수많은 여성 팬들을 확보하고 있습니다.

특히 연장자 무료탑승 시간대인 9시에서 3시 사이에 제 버스를 애용하시는 60대 이상의 누님들로 구성된 'BTS', 즉 버스 탄 소녀들이라는 저의 팬클럽은 뉴질랜드를 넘어 구라파와 미주 지역까지 지부가 결성되어 열심히 활동하고 있습니다.

서울에서 오래 살았지만 부산에서 태어났던 업보로 인해 롯데 자이언츠Lotte Giants라면 아주 환장하는 전형적인 꼴빠아재입니다. 만약에 기적이 일어나 저의 생전에 우리 '꼴데'가 한국시리즈에서 우승한다면 '빤스'만 입고 버스 유턴하면서 버스 무전기에다 대고 〈돌아와요 부산항에〉를 2절까지 부르기로 페이스북을 통해 공약한 바 있습니다.

나중에 현역에서 은퇴하게 되면 무보수로 꼴데 선수단 버스 운전하면서 그날 에러한 놈들은 안 태워주고 뛰어오게 하는 게 저의 마지막 남은 장래희망입니다.

저에게는 눈에 넣어도 하나도 아프지 않은 딸님 하나 아들놈 하나 있는데 다들 장성해서 자기 갈 길 찾아 독립해서 집을 나갔고, 몇 년 전 약 20여 년간의 결혼 생활이라는 치열하고 오랜 전쟁 끝에 장렬하게 패전하고 지금은 FA 즉 자유계약선수라서 아무하고나 할 수 있는 상태입니다만 아쉽게도 아무도 거들떠보지도 않고 있습니다.

돈 많고 잘생기고 술도 잘 먹고 심지어 잘 웃기기까지도 하는데 왜 그런지는 잘 모르겠습니다.

이 책은 제가 그동안 페이스북에 올렸던 포스팅 중 일부를 편집해서 엮은 것입니다. 워낙 이래저래 외로운 게 아빠의 인생인 데다가 더더욱 갑갑한 게 홀로 된 이민자의 밤이지만 페이스북을 통해 알게 된 전 세계에 펼쳐져 있는 좋은 친구님들과 어울리게 되면서 갑갑함과 외로움과 향수를 달래는 데 많은 도움을 받았습니다.

별것 없는 저의 신상잡기를 읽어주시고 함께 웃어주셨던 고마운 친구님들에게 이 글을 빌어 다시 한 번 진심으로 감사드립니다.

서론이 너무 길어진 것 같으니 이쯤에서 마무리하고 이제부터 '아재력'과 '꼰대심'으로 똘똘 뭉친 저와 함께 뉴질랜드 버스 여행을 떠나시겠습니다.

목 차

1부

버스 드라이버가 되다

예전에 미친 듯이 골프 치러 돌아다닐 때에도
드라이버샷만큼은 PGA급으로 날렸었지요

1

미당 시 중에 이런 시구가 있죠.

> 한 송이 국화꽃을 피우기 위해
> 봄부터 소쩍새는 그렇게 울었나 보다.

이민 와서 약 5년 동안 묻지도 따지지도 않고 스시집에서 김밥 말다가 드디어 오매불망 바라던 영주권Residence Visa 승인을 받았습니다.

> Your Resident Visa allows you to live, work, and study in New Zealand indefinitely.

여기서 'indefinitely'를 막연하게 또는 애매하게로 해석하시면 큰일 납니다.
'무기한'으로가 맞습니다.

제가 식당에서 쫓겨날 때마다 워크비자Work Visa 신청해주느라 고생하는 등 그동안 저의 이민성 업무 대리인으로 저와 함께 온갖 우여곡절을 함께 했던

키위 변호사* Duncan Macintyre가 보내준 축하 편지의
한 구절이 마음에 절절히 와닿습니다.

> It has been a long journey to get this point.
> but at least this now can be put behind you.

옛날엔 '간지나게' 반짝반짝하는 스티커를 인쇄해서 여권에
붙여줬다던데 지금은 달랑 이메일에 파일 첨부해서 보내주고는
출력해서 여권에 끼워 넣고 다니라 하네요. 모양 빠지게.

워크비자란 뉴질랜드에서 합법적으로 일할 수 있는
허가증입니다. Work Permit이라고도 하지요. 이것만 있으면
자녀들의 무상교육 등 많은 혜택이 있습니다.
아무나 받을 수 있는 건 아니고 일정한 자격 요건을 갖춘
사람이 일정 자격 요건을 갖춘 고용주에게 고용이 되었을 때
이민성의 엄정한 심사를 거친 후 받을 수 있습니다.

뭐 예상하시겠지만 이 과정에서 편법과 불법을 넘나들면서
뒷돈을 주고받는 일이 왕왕 발생합니다.

---

* 뉴질랜드에는 3가지 키위Kiwi가 있는데 첫 번째는 뉴질랜드의 상징이자 멸종위기인 날지 못하는 새, 두 번째는 여러분들도 잘 아시는 과일의 이름, 그리고 마지막으로 뉴질랜드 사람들의 별칭입니다. 호주 사람들을 오씨Aussie 미국 사람들을 양키Yankee라고 부르는 거랑 비슷한데 마오리보다는 주로 백인들을 부를 때 많이 쓰는 것 같습니다.

한국인 이민 전문 법무사들에게 합법적으로 돈만 뜯기고 낭패를 보는 경우도 가끔 있구요.

저는 이런저런 더러운 꼴 보기 싫어서 뉴질랜드에서 제일 큰 로펌과 계약하고 현지인 변호사에게 일을 맡겼습니다.
영어로 소통하는 게 많이 힘들었지만 일은 정말 똑부러지게 잘하더군요. 심지어 수수료도 한국인 이민법무사들보다 더 저렴했습니다.

이 워크비자로 일정 기간 생활하면서 여러 가지 자격요건을 갖추게 되면 그때서야 비로소 뉴질랜드에서 합법적으로 살 수 있는 영주권Residence Visa을 신청할 자격이 주어집니다. 이 영주권 신청도 장난이 아닌 게 신청 서류만 해도 거의 책 한 권 분량입니다.
심사 기간도 짧게는 6개월 길게는 몇 년이 걸리기도 합니다.

우리 Duncan 변호사가 'a long journey'라고 표현한 게 이제 이해가 되시려나요.

이제는 영주권을 받게 된 만큼 더 이상 고용주 눈치 보면서 간 쓸개 저당 잡힐 필요 없이
제가 원하는 곳에서 일할 수 있게 되었습니다.

배운 게 도둑질이니 식당을 하나 차려볼까 생각도 해봤지만 제가 또 다른 악덕 고용주가 되지 않으리라는 보장이 없어서, 사실은 그러지 않을 자신이 없어서 그 생각은 접었습니다. 뉴질랜드의 고임금 구조에서 특히 영세한 식당을 운영할 때 직원들을 쥐어짜지 않으면 살아남기가 쉽지 않다는 걸 무려 5년 동안이나 옆에서 지켜봤다는 거 아닙니까. 그 이야기는 여기서 더이상 하고 싶지 않습니다.

2

아주 오래전 한국에서 살 때 저는 외국계 생명보험 회사에서 보험영업을 하고 있었습니다.

잘 나가는 세일즈맨이라 돈도 잘 벌고 좋은 차 타고 좋은 집에 살고 그랬으면 얼마나 좋았겠습니까만, 저는 사실 그 반대쪽에 있었습니다.

그러던 어느 날 업무상 큰 실수로 회사에서 징계를 받아 무려 한 달 동안 영업정지를 당했습니다. 졸지에 강제 휴가를 받게 되어 뭘 하면 좋을까 궁리하다가 몇 년 전에 뉴질랜드로 이민 간 동생을 보러 갔죠.

뉴질랜드 남섬의 아름다운 도시 크라이스트처치Christchurch
이곳 사람들은 줄여서 치치ChCh라고 부르더군요.
모두가 한가하고 여유롭게 살아가는 모습들을 보니 매달
영업실적에 치여 살던 제 모습과 많이 비교가 되더군요.

혼자서 시내 구경을 다니다가 버스를 타게 되었습니다. 저보다
세 배 정도는 커 보이는 마오리 할배 기사에게 물었죠.

아재요. 이 버스 에이본헤드Avonhead 가능교?
뭣이라라구유? 아 이이븐히이드 말이지라. 가지라 가구 말구유.
언능 타셔유. 여서 일곱 정거장쯤 가믄 되는디 있다가 내가
다시 알려드릴꾸. 근디 식사는 하셨시유. 지는 이번 운행 끝나믄
즘심시간인디 크하하.

마오리들의 영어발음은 약간 독특합니다.
말을 약간 길게 늘리면서 문장의 끝은 살짝 올려주는 경향이
있죠
이곳에 조금 살다 보면 얼굴을 안 보고 말소리만 들어도
백인인지 마오리인지 구분이 갑니다.

그나저나 이 기사 양반 처음 보는 서툰 영어를 쓰는 동양인에게
이렇게 친절할 수가 없습니다. 밥 안 먹었으면 같이 먹으러

가자고 할 판.

우연히 아는 분을 통해 버스 운전을 해보라고 추천을 받았을 때 바로 이 마오리 할배 기사가 생각이 나더군요. 굉장히 여유로운 말과 행동, 그리고 그 풍요로운 생김새까지.

버스 드라이버라는 직업,

알아보니 영어 딸리고 별다른 재주 없는 이민자들에겐 제법 괜찮은 직업이고 회사에서 면허를 따는 걸 도와주는 건 물론 완벽하게 자신감을 가질 수 있도록 실습도 시켜준다고 하더군요. 교육 기간 중에도 급여를 지급하면서 말입니다.

버스를 운전하려면 대형면허Class 2 License는 물론 Passenger Endorcement라는 승객을 태울 수 있는 일종의 허가증이 필요한데 이 허가증을 발급 받는 데 필요한 신원조회 등에 도움을 주는 건 물론 그 비용까지 회사에서 다 처리해 준다고 하더군요.

사실 이런 것들보다 더 큰 비용이 운전 교육 및 노선 교육에 들어가는 비용인데 약 1만 불에 달하는 이런 모든 비용들을 회사에서 전액 부담해준다네요. 물론 일정 기간 동안 다른

회사로 도망가지 말고 여기서 일해야 한다는 조건부 계약서에
서명을 해야 합니다.
옛날에 이런 조건부 계약서가 없었을 때는 면허증만 따고 그
자리에서 사라져 버리는 얌체들이 꽤 있었다고 하네요.

더 이상 고민할 필요가 없었죠
바로 뉴질랜드의 대기업 NZ Bus에 입사신청을 했습니다.

저와 제 가족이 살고 있던 곳은 Te Awamutu라는 작은 시골
마을이었는데 눈에 넣어도 하나도 아프지 않은 사랑하는
'딸님'이 얼마 있으면 고등학교를 졸업하고
오클랜드 대학Auckland University에 진학할 예정이었고
애들 엄마도 여러모로 불편한 시골에서 벗어나 도시에서 살고
싶어 했기에 조만간 가족 모두가 그곳으로 이사를 할 계획을
갖고 있던 터라 저도 이왕 새로이 직장을 구하는 김에 많은
버스회사 중 뉴질랜드 최대 도시인 오클랜드Auckland에 있는
NZ Bus를 선택하였습니다.

그리하여 가족들이 오클랜드로 이사 올 때까지 당분간은 혼자
떨어져서 주말부부 겸 템퍼러리Temporary 돌싱 라이프를 시작하게
되었는데 이 템퍼러리가 나중에 Indefinitely로 바뀔 줄은 꿈에도
생각하지 못했습니다.

Indefinitely가 무슨 뜻인지는 앞에서 공부하셨죠?

3

드디어 뉴질랜드의 대기업 NZ Bus에 입사했습니다.

지금은 민영화가 되었지만 NZ Bus는 뉴질랜드 최초의 국영버스회사로 전국적인 네트워크를 가지고 있는 이 나라에서는 꽤 큰 기업입니다. 체계적인 교육시스템이 아주 잘 되어 있어서 버스 기사들의 사관학교라 불리우기도 합니다.

제 이름 형진을 영문으로 Hyoung Jin이라고 쓰는데 이 나라 사람들한테 이거 읽어보라고 그러면 생난리가 납니다.

> 히요웅 진, 하이영 진, 하이요웅 진
> 난 도저히 못 읽겠어.
> 도대체 어떻게 읽어야 하는 겨?

저희 입사동기는 5명이지만 2주마다 한 기수씩 신입사원들이 들어오기 때문에 교육장 대기실에는 아침마다 2~30명의 예비 버스기사들로 바글바글합니다.

매일 아침 교육 시작하기 전 그날의 담당교관이 한 명 한 명
호명하면서 출석체크를 하는데 단 한 명도 제 이름을 정확하게
발음하는 사람을 못 봤습니다.
보다 못한 입사동기 키위 할배가 회사에서 예명을 쓰는 게
어떻겠냐고 하길래 인사부서에 물어봤더니 가능하다고 합니다.
알고 봤더니 인사카드에 아예 예명 Preferred name을 따로 적는
난이 있더군요. 그래서 Bruno라는 예명을 등록했더니 회사의
모든 공식문서 즉 근무명령서나 급여명세서 등에
제 이름 Hyoung Jin Kim 대신 Bruno Kim으로 적혀져 나옵니다.

그렇다면 이 대목에서 하필이면 왜 브루노인지 살펴봐야겠죠.
강산이 지금보다 세 번 정도 덜 변했을 무렵 대학 캠퍼스에
봄기운이 한창 완연한 때였습니다.

학교에서 온갖 악행을 저지르고 다니던 군대 아직 안 갔다 온
4학년이었던 저는 전날 저녁 당구와 술판에 용돈을 싸그리
탕진해버리고 술이 덜 깬 벌건 눈으로 학생회관 근처를
어슬렁거리며 그날의 희생양이 될 임팔라를 찾고 있었습니다.

오늘은 누구에게 삥을 뜯어 해장을 할 것인가. 학생회관에서
적당한 먹잇감을 찾지 못해 도서관으로 사냥터를 바꿔서
스캔하고 있는데 열람실 책상에서 낯익은 소지품이 관측됩니다.

조국과 민족의 미래를 위해 열공하던 후배가 자리를 맡아놓고 잠시 어딜 갔나 봅니다.

혹시 먹을 거나 식권 같은 게 있나 싶어 뒤적거리는데 마침 책상에 펼쳐놓은 A3 사이즈의 연습용 답안지가 눈에 띕니다.

먹는 거보다 장난이 우선 순위였던 저는 그 답안지에다가 장문의 편지를 쓰기 시작합니다. 간단하게 요약하면,

> 사랑하는 후배여 나는 이제 그대를 떠나려 하네. 그댈 알게 되어 그동안 참 즐거운 시간을 어쩌구 저쩌구. 사실 나는 일란성 쌍둥이로 태어났었는데 불우한 가정환경으로 인해 형은 미국으로 나는 한국으로 각각 입양되어 어쩌구 저쩌구. 얼마 전 정말 기적적으로 쌍둥이 형을 찾게 되었지. 극장에서 그 형을 발견하고는 내 눈을 의심하지 않을 수가 없었다네. 이제 유일한 혈육인 친형이 어디에 있는지 알게 되었으니 더 이상 한국에 머무를 이유가 없지. 이제 곧 친형을 만나러 미국으로 가려고 한다네. 그 형의 이름은 브루스 윌리스, 내 원래 이름은 브루노 윌리스. 이제 공항으로 가는 길에 마지막으로 얼굴이나 보고 가려고 했는데 우리의 인연은 여기까지인가 보이. 사요나라.

이렇게 써놓고는 책상에 펼쳐놓고 수업 들어가서 한참을 침 흘리면서 졸다가 나오는데 강의실 밖 복도 저 멀리서 우리 과 1학년 신입생 여자 후배들이 저를 발견하고는 엉엉 울면서 뛰어옵니다.
얘들이 왜 이러나 싶어 눈만 껌뻑이고 있는데,

오빠 멀리 가신다면서요. 엉엉. 이제 좀 친해질려고 했는데 엉엉. 꼭 가셔야 하나요. 엉엉.

얘네들이 도서관에 갔다가 그 구라 편지를 본 모양입니다. 먼 산을 잠깐 바라보다가 여기서 멈출 순 없다고 판단하여,

그래 미안해 우리에게 남은 인연이 있다면 언젠간 다시 만나겠지.

그랬더니 얘네들이 다시 또 대성통곡을 하면서 제 손에 꼬깃꼬깃한 배춧잎을 몇 장 쥐어줍니다.

오빠 이거 얼마 안 되지만 여비에 보태 써요, 엉엉.
우리들이 조금씩 모은 거야, 엉엉.

울음을 참는 척하면서 웃음을 참다가 그 후배들을 보내고 나서

옆에서 그걸 지켜보고 있던 동기놈하고 같이 매운탕집에 가서 개운하게 해장하는데,
그 동기놈 왈,

너 천벌 받을 겨, 어휴.
시끄러, 처먹기나 해. 한잔 따라봐.

그러곤 방학할 때까지 그 후배들 눈에 안 띄려고 나무 그늘 사이로만 다녔습니다.

4

아주 먼 옛날 학교에 다닐 때 아니면 조금 지나 군대에 있을 때나 내지는 회사 다니던 시절
집체교육이나 사내교육 등을 받을 때부터 느낀 건데 피교육생 집단에는 그 교육기관의 성격이나 규모를 불문하고 그 가운데 이런 부류의 인간들이 반드시 한 명 이상씩 있습디다.

첫 번째 부류 - 들은 풍월이 좀 있다고 아는 척
설레발치는 얄미운 놈.
두 번째 부류 - 떠들고 장난치다가 숙제 까먹고 안

해오는 띨띨한 놈.

세 번째 부류 - 공부보다는 친목질에 목숨 거는 사교적인 놈.

네 번째 부 - 얼빠져 있는 것 같은데 시험 보면 항상 1등 하는 희한한 놈.

다섯 번째 부류 - 수업 시간 내내 자빠져 자다가 쉬는 시간만 되면 5월의 어린이가 되는 바로 저 같은 놈.

저랑 같이 입사 교육을 받고 있는 다시 말하자면 대기업 입사 동기가 키위 할배 1명 파키스탄 아재 1명 인도 젊은이들 2명 그리고 저 이렇게 총 다섯 명인데, 기가 막히게도 그 5명이 위에서 말한 다섯 개의 미션을 각자 하나씩 완벽하게 분담해서 수행하고 있다는 거죠.

나라와 인종에 관계 없이 완벽하게 적용되는 이 희한한 법칙을 조금 더 체계화해서 연구할 필요가 있다고 봅니다.

버스 운전을 하는 사람들 중 상당수가 현직에서 은퇴하고 새로운 직업을 찾는 사람들입니다.
뉴질랜드 버스기사의 평균 나이가 55세라는 기사를 본 적 있습니다. 저와 입사동기인 이 백인 할배도 학교에서 아이들 가르치다가 퇴직하고 대기업 NZ Bus로 이직한 케이스였죠.

반대로 이 인도 친구들은 여기가 첫 직장인데 대기업에서 면허도 따고 대형차 운전 경력을 쌓은 후에 돈을 더 많이 벌 수 있는 트럭 회사로 이직할 원대한 꿈을 갖고 있었죠. 어쨌든 이런 친구들하고 저 같은 사람이 평균을 깎아 먹는데도 뉴질랜드 버스 기사들의 평균 연령이 55세라니 대단히 놀랍습니다.

어쨌든 법률상으로는 신체만 건강하다면 80세가 넘어서도 버스 운전을 할 수 있다고 하니 고령화 시대에 아주 괜찮은 직업을 찾은 것 같습니다.

앞에서 얘기했던 첫 번째 부류인 '아는 척 잘난 척 설레발쟁이' 파키스탄 친구가 교관들한테 이래저래 다양한 루트로 알랑거리면서 수업 끝날 때쯤 되면 꼭 쓸데없는 질문들을 날리는 바람에 다른 동기들의 레이저 표적이 되고 있었는데

버스 운전 실습 중 처음 해보는 버스 운전이라 제가 조금 위험한 실수를 하는 바람에 영화 〈사관과 신사〉에 나온 루이스 고셋 주니어와 비슷하게 생긴 운전 실습 담당 교관이 살짝 언짢아 있었는데 그새 그 자식이 루이스 고셋 주니어 옆에 찰싹 붙어서는 뭐라고 웅얼거리는데 언뜻 들리는 얘기가,

사람마다 능력치가 다르니까. 어쩌고 저쩌고.

그러더니 좀 있다가 쉬는 시간에 제 옆으로 와서는,

선생님한테 이야기 잘 해놨으니까. 걱정 말어. ㅋㅋㅋ

그러는 겁니다. 이게 무슨 경운가요! 18개월 전만 하더라도 이런 자식은 가만 놔두지 않았죠. 로프 반동을 이용해 역도산의 '가라데춉'으로 울대를 날리거나 타노스의 핑거 스냅으로 절반만 살아 있게 만들었을 텐데, 많이 약해진 건지 이제야 영주권 받고 사람이 된 건지 모르겠지만 고마워 죽겠다고 말하고 주먹 악수Fist bump 해줬습니다.

이론시험은 대충 통과된 것 같고 실기시험을 통과해야 입사가 확정되는데 원래 이번 주에 진행하기로 되어 있던 그 실기시험이 감독관들이 너무 바쁘시다는 이유로 다음주로 연기되었다고 합니다.

음, 점차 알아가시겠지만 이 나라에서는 계획대로 일이 진행되는 경우는 거의 없다고 보시면 됩니다. 되면 되는 대로 아님 말구. 나중에 알게 된 이야기지만 이 파키스탄 자식이 우리 동기 5명 중 제일 먼저 그만뒀다고 합니다. 면허증에 잉크도 채 마르기 전에.

5

식당에서 일할 땐 신호등 하나 없는 한가한 시골 마을에서 살았던 데다가 새벽 일찍 출근하고 저녁 늦게 퇴근해서 잘 몰랐었는데 낮 시간에 오클랜드라는 나름 복잡한 대도시 한복판에서 그것도 생전 처음 해보는 버스 운전을 하다 보니 식겁하는 경우가 많습니다.

서울에서도 살았던 사람이 뭐 그런 것 가지고 그러나 그러시겠지만 버스는 덩치가 크다 보니 아무래도 반응속도가 느릴 수밖에 없는데 여기저기서 차나 사람이 '갑툭' 튀어나오니까 아주 환장하겠더라구요.

특히나 사람 많고 복잡한 거리에 있는 횡단보도에서 오고 가는 차를 확인도 하지 않고 그냥 쓱 건너는 사람들이 대다수인데 제가 미처 건너는 사람을 못 보고 있다가 급브레이크를 밟을 땐 저도 모르게 쌍욕이 나옵니다.

아이 씨XX,

우리나라 같으면 좌우를 몇 번씩 살피고 난 후에도 누가 쫓아 오기라도 하는 듯 잰걸음으로 건너는 경우가 일반적인데

버스가 바로 앞에 들이닥쳐도 눈 하나 꿈쩍 안 하고
느긋하게 횡단보도를 건너는 사람들을 보면 역시나 여유로운
사람들이라는 생각이 다시 듭니다.

횡단보도가 아닌 곳에서도 길을 건너는 사람들이 많은데 역시나
이때도 차들이 멈춰서서 기다려 주는 경우가 꽤 많습니다. 특히
노약자나 어린이들이 건널 때 그렇죠. 저 같은 경우 매우 섹시한
여성들이 건널 땐 아예 시동을 꺼버립니다.

이 나라에서는 무단횡단이 불법이 아니라는 사실, 아무
곳에서나 본인이 안전하다고 판단하면 건널 수 있죠. 물론 아주
위험한 곳에서는 건너가지 못하도록 금지표시도 해두고 철조망
펜스 같은 것도 설치해 두었죠. 뭐 가끔 그걸 넘어 다니는
용감한 인간들도 가끔 있긴 합니다.

아무튼 횡단보도 앞에서는 무조건 정차할 것이라는 사회
구성원간의 신뢰가 대단하다는 생각을 하게 됩니다. 아마도
한국 여행 갔다가 횡단보도에서 차에 치어 병원에 누워
있는 외국인 관광객 중 상당수는 뉴질랜드 사람들이 아닐까
싶습니다.

6

4주간의 운전 실습Bus Driving Traning 그리고 또 4주간의 노선 교육Route Training이 끝나고 이제는 저 혼자 핸들* 잡고 다니게 되었습니다.

뭔 교육을 그리도 길게 받냐 하시겠지만 이것이 바로 뉴질랜드 스타일이죠. 교육받다 늙어 죽은 사람도 있었다고 합니다.

그러던 어느 평화로운 토요일 오후, 도심에서 살짝 벗어나 한적한 외곽을 운행하던 중 날씨도 아주 좋고 승객도 그리 많지 않아서 아름다운 뉴질랜드의 풍경을 감상하면서 룰루랄라하고 있었는데 갑자기 뒤에서 들려오는 할머니 승객의 샤우팅.

기사양반! 길 잘못 들었슈!!!
허걱!

그러고 보니 아닌 게 아니라 길이 많이 낯서네요. 졸고 있던 승객들도 죄다 깨서 웅성웅성 저마다 한마디씩 합니다.

---

* 영어로 스티어링 휘얼Steering Wheel. 무심코 핸들이라고 그랬더니 사람들이 못 알아 먹더군요.

이짝으로 돌아나가믄 되겄는디.

아녀 그리로 가면 저짝으로 나온당게.

아이고 이럴 수가, 어쩌란 말인가. 처음 겪는 일이고 이 동네 지리도 잘 몰라서 쩔쩔매고 있었는데 마치 정육점 주인처럼 덩치 좋은 아재가 성큼성큼 다가와 제 옆자리에 앉더니만,

기사양반 이짝으로 좌회전했다가 다시 저짝에서 우회전하셔.

하면서 네비게이션이 되어줍니다. 뱅뱅 돌아 잠시 후 제 길을 찾아가자 승객들 모두 박수를 치면서 좋아합니다. 미안하고 쪽팔려서 얼굴을 들 수가 없었는데 승객들 중 누구 하나 툴툴대는 사람 없이,

기사 양반 증말루 고생 많았시유.

츰부텀 잘하는 사람이 어디 있간디.

내리면서 한마디씩 위로하고 격려해 주는군요. 참으로 여유로운 뉴질랜드 백성들입니다.

7

대부분의 이 나라 운전자들은 매너가 좋은 편이지만 어딜
가나 더러운 종자들은 반드시 있기 마련. 갑자기 버스 앞으로
끼어들어서 선량한 버스기사 안압 치솟게 만드는 거지 같은
운전자를 보면 저도 모르게 쌍욕이 나오는데

그래도 남의 나라에 몇 년 살았다고 C로 시작하는 우리 민족
고유의 욕보다는 F로 시작하는 글로벌라이즈드 된 용어가
튀어나와 나름 대견해하고 있습니다.

대부분의 승객들은 이 나라에 지천으로 깔려 있는 양을 닮아서
그런지 아주 순한 편입니다.
하지만 간혹 가다 진상 손님을 만나는 경우도 있는데 특히 밤
늦은 시간에 술 취해서 타서는
버스 노선이 아닌 곳으로 가자고 막무가내로 우기는 경우도
있습니다.

승객하고 말싸움이 벌어지는 경우도 있는데 영어가 짧은 저는
이럴 경우 대처하기가 참 어려울 때가 많습니다.

회사 휴게실에서 한인 선배 기사들하고 이런 얘기를 하고

있는데 말없이 듣고 있던 한 선배님 가라사대,

> 난 말싸움이 나면 욕은 한국말로 해. 그래도 다 알아듣더라구 영어로 욕하면 감정이입이 잘 안 되거든.
> …….

어제는 비도 많이 오고 바람도 많이 불어서 조심조심 운전하면서 혼잡한 학교 앞 버스 정거장으로 살살 들어가고 있었는데 갑자기 다른 회사 버스 한 대가 제 앞으로 훅 끼어들더니 제 버스를 가로막고는 삐딱하게 정차를 합니다.

놀란 가슴 진정시키고 손님들 태우고 출발하려는데 마침 그 버스가 신호에 걸려서 바로 앞에 서 있네요.

아무래도 '빡침'이 가라앉지 않아 응징을 좀 해줘야겠다 싶어서 제 버스를 '그놈 시키' 옆에다 바짝 대고 앞문을 치익 여니까 그놈도 이게 뭔가 싶어 창문을 열고는 저를 쳐다봅니다.

아무리 열받는 상황이라 하더라도 공공복지 서비스를 수행하는 입장에서 시민들이 지켜보고 있는데 함부로 험한 언행을 할 수는 없었기에 두 눈으로 빨간색 레이저를 쏘면서 나지막한 톤으로 부드럽게,

운전 똑바로 해 이 자식아.

감정 흠뻑 실어서 정확한 서울 은평구 표준 발음으로 날려줬습니다.* 다른 손님들이 알아들으면 안 되니까. 오 근데 이거 먹힙디다.

이 자식 얼굴에서 핏기가 사라지는가 싶더니 아무말도 못하고 산소가 부족한 어항 속 금붕어마냥 주둥이만 뻐끔거리고 있습니다.

커튼콜 한 소절 더 해주려다가 신호가 바뀌는 바람에 얼른 문 닫고 가던 길 가는데 승객 중에 한국말을 알아듣는 분이 계셨는지 뒤에서 킥킥대는 소리가 들리네요.

운전 더럽게 하는 그지 같은 새끼에게 대한 아재의 기개를 보여줬다는 뿌듯함에 즐거운 마음으로 나머지 미션을 수행했습니다. 역시 선배님들의 말씀을 따르면 자다가도 떡이 생깁니다.

---

* 부산에서 태어났지만 서울 은평구 북한산 밑자락에서 30년 정도 살았으니 서울이 거의 고향이나 다름 없습니다. 제가 하는 욕의 대부분은 수색에 살았던 벌교 출신의 중학교 동창에게 직접 사사했기에 그 발성이나 표현력에 있어서 상위 10퍼센트라 자부합니다.

8

뉴질랜드 사람들의 복장은 대체로 아주 검소합니다. 검소하다 못해 어떤 경우에는 궁상맞아 보이는 경우도 있습니다.

예전에 남섬에서 청소일을 할 때 퀸스타운이라는 뉴질랜드 최대의 관광지 지역 의회 청사Queenstown Lakes District Council 건물을 청소하고 있었는데 어떤 노인 허름한 반바지에 슬리퍼 끌고 왔다갔다 하길래 실례지만 뭐 하시는 분이냐고 물어봤더니 자기가 이 방의 주인이라고 하더군요.

그 방은 시장실이었습니다. 뉴질랜드 사람들은 또 유난히 검은색 옷을 좋아합니다. 뉴질랜드가 자랑하는 럭비 국가대표팀의 유니폼은 아래위로 새까만 색. 오죽하면 대표팀의 이름도 올블랙스Allblacks.

길거리에서도 검은 옷이나 검은색 유니폼을 입은 사람들을 흔하게 볼 수 있는데 소박한 옷차림을 좋아하는 이 나라에 화려한 색상의 옷이 도입된 건 본격적으로 이민이 시작된 2000년대 이후라고 하더군요. 그 이전에는 검은색 아니면 흰색, 나머지는 흰색이 때를 타서 변한 회색.

옷차림에 너무 많은 시간과 돈을 투자하는 우리나라 사람들하고
반반씩 섞으면 딱 좋을 것 같습니다.

어느 늦은 밤 외진 길을 운행하는데 불도 안 들어오는
어두컴컴한 버스정류장에서 뭔가 거뭇거뭇한 게 꿈틀거려
버스를 세워보니 인도 사람으로 보이는 새까만 할배가 자기보다
더 새까만 옷을 아래위로 입고는 새하얀 손바닥을 흔들어
버스를 세우고 있습니다.

문을 열어주니 엉금엉금 올라타면서, 진짜 진짜 고맙슈 젊은이,
버스가 두 대나 걍 확 지나가 버렸잖우 얼어 대지는 줄 알았슈.
하면서 그윽한 카레 냄새와 함께 몇 개 남지 않은 이빨을
드러내며 활짝 웃습니다.

섭씨 사오십 도까지 올라가는 나라에서 살다 와서 이 밤중에
얼마나 추웠을까 싶어 마른오징어가 구워질 정도로 히터를
'이빠이' 올렸습니다.

할배가 내리면서, 진짜루 고맙시다. 기사양반 주님의 은총이
함께 하시길. 그러기에, 아니 할배, 인도 사람 아닌감요? 웬
주님? 그랬더니,

어 인도 사람 맞어. 근데 나 교회 댕겨. 지금도 교회
갔다가 예배보고 집에 가는 길이여.
수고하슈.

그러는 겁니다.

별것 아닌데도 진심으로 고마워하는 분들에게 저 역시 진심으로 감사합니다. 이 맛에 박봉에도 불구하고 공공서비스하는 거죠.

9

이번 주는 야간 근무에 걸려 일주일 내내 늦은 시간에 돌아다니고 있습니다.

어젯밤 거의 모든 운행을 끝내고 시동 끄고 잠시 쉬었다가 마지막 운행을 위해 출발하려고 시동을 거는데, 어라 부릉부릉 소리가 안 나네요.

매뉴얼 다 뒤져보고 할 수 있는 온갖 시도는 다 해봤지만 고물 버스는 고집스럽게 꿈쩍도 하지 않는 겁니다.

뒷자리에 앉아서 스와힐리어가 흘러나오는 유투브를 보고 있던 유일한 승객에게 뒤에 가서 좀 밀어봐유 그러려다가 힘이 좀 그리 세보이지 않아서 그만두고는 관제탑에 에스오에스를 쳤습니다.

스와힐리 아재에게 양해를 구하고 내리게 한 후 버스를 버리고 집에 가라는 지시를 무전으로 받고 조금 기다리니 비상탈출을 도와주러 본사 승용차가 한 대 쪼르르 옵니다.

넉넉하게 생긴 타일랜드 출신 아지매가 껄껄거리면서 별일 아니니 걱정 말라고 위로해 주면서
저를 저희 지점으로 태워다 줬습니다.

아, 근데 이 아지매 동남아 사람들 중에 보기 드문 어마어마한 '배둘레햄'입니다.

얘기하느라고 옆을 돌아보면 얼굴은 안 보이고 배만 보입니다.

운전하면서 얘기하는 것도 숨이 찬지 말할 때마다 헉헉거리는 게 웃기면서 안쓰럽더군요. 어쨌든 피차 짧은 영어로 태국 음식과 관광지에 대해 수다 떨다 보니 어느덧 지점에 도착했네요.

운행을 한 개 빼먹었어도 주급은 정상대로 나온다니
다행입니다. 제 잘못도 아니니까. 뭐

10

뉴질랜드의 남섬과 북섬 균형발전을 위해 수도를 북섬 남쪽
끝에 있는 항구 도시 웰링턴Wellington으로 옮겼지만 경제 문화의
중심은 아직도 옛 수도인 오클랜드입니다.

뉴질랜드 전체인구가 약 500만 명인데 오클랜드에 200만이
살고 있으며 인구조사에 잡히지 않은 유학생이나 체류자 등을
감안하면 거의 200만에 육박할 것이라는 얘기도 있습니다.
지속적인 인구 유입과 그리 계획적이지 못한 도시 계획으로
인해 오클랜드의 도심은 정말 복잡하기 짝이 없습니다.

작은 시골에서만 살다 갑자기 상경해서 아직 오클랜드의 지리도
익숙하지 않은데다가 알코올과 니코틴에 범벅이 되어 이미
맛이 갈대로 가버린 뇌의 주름 속에 운행 루트를 입력해 보려
각고의 노력을 해보았으나 하나를 외우면 두 개를 까먹어버리는
기묘한 체험을 반복하게 되어 어쩔 수 없이 노선 중
랜드마크와 좌우회전 포인트를 메모해서 운전석에 옆에

꽂아놓고는 '컨닝'을 하면서 운행을 하고 있습니다.

학교 다니던 시절 당시 최첨단 제록스 축소복사기를 활용하여 극미세 컨닝페이퍼를 제작하기도 했었는데 직접 수기로 작성되지 않은 페이퍼의 도움을 받은 학점은 영혼이 실려 있지 않기에 진정한 너의 실력으로 인정받을 수 없다는 모 조교님의 준엄한 가르침이 있었습니다. 그 가르침을 되새기며 늦은 밤까지 그다음 날 운행할 노선의 컨닝페이퍼를 손수 작성했건만 처음 가는 길을 운행하다가 컨닝페이퍼를 잘못 읽는 바람에 노선 이탈하고 길을 잃고 말았습니다.

이리저리 헤매느라 운행 시간이 많이 지연된 데다가, 토요일 오후인데도 그날따라 유난히 길이 막혀 가슴 조리면서 운행하는 중 제 버스 바로 앞에 좌회전 대기하면서 정차 중이던 소형차가 있길래 조금이라도 빨리 가려고 오른쪽 차선으로 돌아 추월해서 직진하려고 깝죽거렸던 게 화근이었습니다.

경험 부족으로 너무 바짝 붙어서 작은 반경으로 돌리는 바람에 그 차의 오른쪽 옆면을 뒷범퍼부터 앞문짝까지 바바바박 아주 시원하게 긁어버렸습니다.

버스는 몸집이 크기 때문에 회전을 하거나 추월을 할 때

승용차보다 훨씬 큰 반경으로 돌려줘야 합니다. 유턴의 전문가가 된 지금에 와서 볼 때 참 귀여운 실수였죠.

얼른 버스 길가에 세워놓고 뛰어가서 사고시 매뉴얼대로 연락처 등을 주고받으려고 하는데 시원하게 생긴 마오리족 언니가 더 시원한 목소리로,

> 아우 깜딱이야 아즈씨 초짜죠 ㅋ 아무도 안 다쳤응게 걍 가셔유. ㅋㅋㅋ
> 아니, 그래도 차가 이렇게.
> 갠찮아유 걱정 마셩. 대신 담번에 버스 공짜로 태워줘융 헤헤헤.

그러더니 미안하다, 고맙다는 말하기도 전에 무단 유턱을 좌악 하더니 바람과 함께 사라져버립니다. 차가 좀 연식이 있어 보이긴 했지만 살면서 이렇게 쿨한 사람은 본 적이 없습니다.

그런데 나중에 생각난 건데 좌회전을 기다리다가 왜 유턴을 했는지는 알 수가 없네요.

11

아무 생각 없이 삐딱하게 주차해 놓은 얼빠진 인간들 때문에 아침에 출근하기도 전에 빡친 적이 다들 있으실 겁니다. 효과 좋은 비매너 주차 응징법을 하나 알려드립니다.

이건 십수 년 전에 같이 근무했던 영혼이 맑은 한 동료에게 들은 건데 인적이 드문 시간을 틈타 얄밉게 세워둔 차의 전면 유리창에 미리 준비해 간 엔진오일을 한 방울 떨어뜨립니다. 오일은 오래된 것일수록 효과가 좋습니다.

다음 날 아침 그 얌생이 차주가 시동을 걸면서 유리창에 뭔가 거무튀튀한 게 묻어 있으니 무심코 워셔액을 찍 쏘고 와이퍼를 돌릴 겁니다.

그 순간 물과 기름과 비누가 뒤섞인 기묘한 혼합물이 앞유리 전면에 펼쳐지면서 앞이 안 보이게 됩니다. 이건 와이퍼로 닦으면 닦을수록 더 더러워집니다. 결국 하이타이와 더운물로 박박 닦아야 지워지니 '얌생이'는 그날 출근 다 한 거죠.

어설프게 블랙박스에 찍혀 증거를 남기면 아마추어죠. 선글라스와 마스크 그리고 후드티 착용을 권장합니다.

버스만 정차하도록 되어 있는 버스정류장에 얌체같이 주차하는 사람들이 가끔 있습니다. 안 그래도 길 양쪽으로 주차되어 있는 차들 때문에 좁은 길에서는 마주 오는 차들과 신경전을 벌이며 양보를 주고받으면서 운전을 해야하기에 답답한 면이 없지 않은데, 어느날 버스 종점에서 다음 운행 준비하고 있는데 어떤 아주머니가 조그만 차를 몰고 쪼르르 오더니 바로 옆에 소형차량 주차공간이 있는데도 불구하고 당당하게 버스전용 정차구역에다가 떡하니 주차를 하는 겁니다. 공공복지서비스를 수행하는 전문가답게 공손한 말투로 두 눈 부릅뜨고, 실례합니다만 이제 곧 스쿨버스 여러 대가 계속 들어올 시간이니 여기다가 이렇게 주차하시면 곤란합니다라고 했더니,

눈깔을 동그랗게 치켜뜨고는, 니가 상관할 일 아니잖아. 나 맨날 여기다가 이렇게 대는데 뭘 그래, 어쩔? 그러는 겁니다.

길 옆에서 담배 피우고 있던 할배도 이 소리를 듣곤 허걱! 합디다. 영어도 짧은데 긴 말 하기 싫어서 말없이 폰 꺼내 들고 불법주차한 장면을 여러 각도로 파바박 찍었더니, 그 아지매 빛의 속도로 달려가서 소형차 주차구역으로 차를 빼놓고는 다시 저 있는 쪽으로 뚜벅뚜벅 오더니 눈깔을 더 크게 치켜뜨면서,

이제 됐지? 진짜로 신고할 건 아니겠지? 그러는 겁니다. 애초에

신고할 생각은 없었는데 이렇게 재수 없게 나오면 생각 다시 해봐야죠. 담배 피던 할배가 씩 웃으면서 엄지척을 하더군요.

Good job!

12

대기업에 근무하며 공공복지 서비스를 수행하는 전문직 종사자로서 근무시 반드시 자격증을 지참해야 하는데*
오늘 새벽, 갑자기 대체 근무를 해달라는 연락을 받고는 서둘러 나가느라 지갑을 놔두고 출근했습니다.

일하는 동안 돈을 쓸 일은 없겠지만 면허증이 없으면 유사시 문제가 될 수도 있기에 잠시 고민했지만, 사고만 안 내면 되지 뭐 별일 있겠어 하고 운행을 시작했습니다.

그러나 별일은 항상 이럴 때 생기는 법. 시내에서 한창 손님들 태우고 있는데, 허걱! 경찰관 둘이서 버스에 올라타면서

---

* 운전하다가 혹시라도 사고가 나거나 신호위반 등으로 경찰이 면허증을 요구할 때 면허증이 없으면 무면허 운전으로 취급됩니다. 회사에서 짤리는 건 물론이구요. 이런 불미스러움을 미연에 방지하기 위해 최근엔 출근시에 면허증을 스캔해서 출첵을 하는 시스템으로 바뀌었습니다.

경찰 뱃지를 좌악 펼쳐 보여줍니다. 내가 뭘 잘못했지 하며 안절부절못하고 있는 찰나,

우리 차가 퍼져서 그러니 신세 좀 질게유. 쩌그까정 좀 태워주셔잉.

이 양반들은 공짜로 태워주게 되어 있거든요.

안도의 한숨도 잠시 혹시나 책잡히는 일이 있을까 싶어 차선 신호 깜빡이 등등 평소보다 더 칼같이 지키고 심지어 정거장에 정차할 때도 인도랑 평행하게 자로 잰 듯이 반듯하게 갖다 붙이면서 말 그대로 젖먹은 힘을 다해 집중해서 운전하고 있는데, 아니 이 양반들이 내릴 생각을 안 하네요. 쩌그까정만 간다 그러더니 말입니다.

결국 종점까지 거의 다 와서 사람 얼굴에 핏기 다 제거해 놓고는, 히히히 이바구 까느라고 내릴 때를 지나쳤지 뭐유. 좋은 하루 되슈, 기사양반. 하며 낄낄거리면서 내립니다.

좋은 하루는 우라질, 수명 하루는 줄었겄네. 자격증을 이마에 바코드로 새겨놓는 세상이
빨리 와야 할 텐데 말입니다.

GB5279
Hibiscus Coast Stn
Orewa
981
AT Metro
KAZ
ESKERIE
021 232 3037
TANDEM
Working in unison
LLF977

13

뉴질랜드에는 어딜 가나 풀밭이 참 많습니다. 대도시인 오클랜드조차 도심에 푸른 공원이 여기저기 많을뿐더러 조금만 외곽으로 나가면 온통 풀밭 천지입니다.

언덕진 풀밭에서는 소 떼나 양 떼가 풀을 뜯어먹고 평평한 풀밭에선 사람들이 뛰어다닙니다.
'잔디밭에 들어가지마시오'라는 푯말만 보고 자란 저에게는 참으로 부러운 장면입니다.

그 풀밭에서 여러 가지 운동을 즐깁니다만 특히 럭비에 대한 애정은 세계 최고지요. 인기도 최고, 실력도 최고. 적은 인구임에도 불구하고 럭비 월드컵 최다 우승국이기도 합니다.

럭비 빅게임이 있는 날이면 도심이 조용합니다. 길거리에 차도 사람도 없고 다들 집에서 아니면 맥주집에서 럭비 경기를 보죠. 그 많은 스포츠 중에 왜 하필이면 럭비일까. 가만히 생각해 봤는데 끝없이 펼쳐진 풀밭에서 방망이로 때리거나 발로 차버리다가 혹시나 공 잃어버리면 엄마한테 혼날까봐 아예 공을 껴안고 뛰어다니게 된 게 아닌가.

뉴질랜드의 학교마다 펼쳐져 있는 드넓은 잔디구장을 볼 때마다 우리나라 아이들도 이런 풀밭에서 뛰어놀면서 자라면 참 좋을 텐데라는 생각이 듭니다..

오클랜드의 도심 한복판에는 빅토리아 파크Victoria Park라는 멋진 공원이 있습니다. 드넓은 잔디밭에 우람한 나무들이 가득 찬 공원이라 시민들에게 좋은 휴식처가 되는 것은 물론 공원 바로 옆에 시내 버스 전용 주차장이 있어 버스기사들이 휴식시간이나 점심시간에 자주 찾는 곳입니다.

어느 금요일 오후, 시내에 있는 빅토리아 공원 옆에 버스 대놓고 잠깐 쉬고 있는데 길 건너편에 민중의 지팡이 너댓 명이 모여 있길래 얘네들이 뭐 하고 있나 지켜보고 있었더니 공원 옆 사거리에서 신호 바뀔 때마다 신호 위반하고 우회전하는 차를 한두 대씩 많게는 한 번에 네 대까지 잡아내고 있습니다. 지팡이들이 생각보다 조직적이고 민첩하게 움직입니다.

뉴질랜드는 우리나라와는 반대로 차들이 좌측통행을 합니다. 그러니까 우리나라에서 좌회전 신호를 받는 것처럼 여기서는 우회전을 할 때 신호에 따라 차를 돌리는 경우가 많습니다.

어쨌든 오늘은 매상이 좋은 날인지 제가 지켜보는 한 십여 분

동안 적어도 30대 이상은 잡힌 것 같더군요.

대목도 이런 대목 없습니다. 불금 저녁을 향해 히히덕거리면서 달려가다가 예기치 못한 저인망에 포획된 이 가련한 멸치들이 낼 벌금은 북반구의 어느 나라처럼 정치자금이 되어 사과박스에 담기지 않고 고스란히 시민들의 편의를 위해 사용되리라 믿습니다.

다른 건 몰라도 청렴도만큼은 세계에서 손가락 안에 드는 나라니까요. 오클랜드에 오셔서 운전하실 분들 빅토리아 공원에서 바이아덕트 하버Viaduct Harbour 방면으로 우회전하실 때 반드시 신호를 엄수하시기 바랍니다.

14

추석이 다가왔습니다. 이곳 뉴질랜드에서는 한국과 같은 명절 분위기는 상상하기 어렵습니다.
당연히 공휴일도 아니구요.

간혹 한국 마트나 중국 마트에서 추석 맞이 세일을 대대적으로 하긴 합니다만 아무래도 명절이 되면 평소보다 한국 생각도 많이 나고 좀 외롭고 쓸쓸하다는 생각을 평소보다 더 하게 됩니다.

퇴근 시간에 운행하던 중 버스를 꽉 채웠던 승객들 다 내리고 중국 할머니 혼자 남아 운전석 바로 옆에 앉아 있어서 피차간에 짧은 영어로 이런 얘기 저런 얘기 하면서 가는데 그 할머니 종점에서 내리면서,

> 아재요. 길 맥히는 데 욕봤소. 출출할 텐데 이거라도 드시이소. 명절 잘 보내시라요. ㅎㅎ

이러면서 보따리를 주섬주섬 뒤지더니 요금 받는 접시에 귤하고 중국 쿠키를 놓고 가십니다.

이역만리 뉴질랜드에서 중국 할머니한테 고향의 정을 느낄 거라고는 생각도 못했는데 말입니다.

그다음 날 오후 한적한 변두리 쇼핑몰에서 손님들 태우고 있는데 지나간 세월로 듬성듬성해진 머리숱을 염색한 '빠마'머리로 살짝 덮은 할머니가 버스에 올라타시면서 발을 약간 헛디뎠는지 정확한 충남 부여군 억양으로, 에구구, ㅋㅋㅋ 그러시길래, 히힛, 어느 나라 분인지 알겄네유. 조심하셔유.

ㅎㅎㅎ 그랬더니 그 할매 말없이 피식 웃고는 저 뒷자리로 가서 같이 탄 일행 분 옆자리에 앉으시더니,

쩌 기사냥반 한국사람인가벼. ㅋ 내가 아까전에 자빠질 뻔 혔는디 ㅋ 한국말루다가 조심하랴. ㅋㅋㅋ
그랴 요즘 한국사람덜 버스 운전 많이 햐. ㅋㅋㅋ

이러면서 가는 길 내내 수다를 떠십니다.

목적지에 도착해 내리실 때 앉아계신 곳이랑 가까운 뒷문을 열어드렸는데도 굳이 주춤주춤 앞쪽으로 오시더니,

에구 맹절날 쉬지두 못허구 고생허시는디 이거라두 하나 드릴려구유. ㅎㅎ 수고하셔유.

이러시곤 땅콩 초코바를 하나 내밀면서 앞문으로 내리십니다.

어이구 고맙습니다. 자빠지지 않게 조심하셔유.

옛날 어릴 때부터 아줌마들한테 인기 많을 스타일이란 얘기 많이 들었는데 이제 바야흐로 전성기가 도래한 것인가요.
아마 한국에서도 추석 연휴기간에 쉬지도 못하고 대중교통

운행하시는 분들 많겠지요.
타고 내리실 때 따뜻한 인사 한마디 해주시면 한국의 살인적인 교통환경에서 여러분들의 발이 되어주시는 그분들에게 많은 격려가 되고 위로가 될 것이라 생각합니다.

15

처음엔 길도 잘 모르고 운전도 서툴러서 핸들만 잡으면 손에서 땀이 났는데 이제 몇 달 지났다고 여유가 좀 생겼나 봅니다.
운전하다가 막 딴 생각도 하고 그럽니다.

아침 출근 시간에 운행하던 중 사랑하는 후배가 카톡으로
토요일에 서초동 집회장으로 오면*
자기가 순대국 쏘겠다고 했던 농담이 갑자기 생각이 나서

가야 되나 말아야 되나 다대기를 풀어 넣을까. 깍두기 국물을 타서 먹을까. 소주는 각 일병 아무짝에도 쓸 데 없는 생각을 하다가 아뿔싸, 이런 그만 좌회전을 깜빡하고 지나쳐버렸네요.

잠시 고민했지만 대의를 위해 허리케인이 몰고 온 비바람

* 당시는 박근혜 전대통령 탄핵 시위가 한창이던 시기.

속에서 출근길 왕복 4차로를 전면 차단하고 유턴을 감행했습니다. 식은 땀 삘삘 흘리면서 버스 돌리고 있는데 뒷자리에 앉아 있던 고등학생 녀석들 좋다고 박수치고 낄낄거리고 양보가 몸에 밴 운전자분들의 협조 속에 무사히 제 길로 찾아 들어가긴 했습니다다만, 이러다가 언젠간 신문에 한 번 나올 거 같습니다.

이것이 바로 저의 첫 번째 유턴, 장차 유턴이 생활화될 것이라고는 그때는 상상도 하지 못했습니다.

원래 뉴질랜드에서는 금지된 곳이 아니면 운전자의 판단으로 안전한 곳에서 유턴을 할 수 있습니다. 다만 위의 경우처럼 노선이탈을 했을 경우 무전기로 본사에 연락해 노선으로 복귀할 우회로를 지시받아야 하지만 그런 건 초짜들이나 하는 거구요.

16

오늘밤 정확히 말하자면 내일 새벽 2시에 뉴질랜드에 Daylight Saving이 시작됩니다.

흔히들 서머타임으로 알고 계시는 건데 우리말로 번역하자면

'일광절약시간제'쯤 되겠지요. 어쨌든 오늘밤에 한 시간 뺏어갔다가 여섯 달 후에 다시 돌려줍니다. 내일 하루는 시차 때문에 조금은 헤롱헤롱 하겠네요.

시차 한 시간 가지고 뭘 그러냐는 분도 계시겠지만 똥 마려운 거 한 시간 참는다 생각해 보세요. 거의 죽음입니다.

실제로 미국에서는 서머타임이 시작되는 날 다시 말하면
어제보다 한 시간 덜 자게 되는 날
심장질환 발생자의 숫자가 평소보다 20퍼센트 넘게 증가한다고 합니다. 반대로 서머타임이 끝나고 한 시간 더 자게 되면
심장질환 발생자의 숫자도 감소한다고 하네요.

테러리스트들이 테러 목적지를 향해 가던 도중 예상치 못하게 시한폭탄을 실은 차량이 폭발해 버렸는데 서머타임을 고려하지 않고 폭발시간을 설정해놔서 그랬다나 어쨌다나 그런 얘기도 있습디다.

서머타임이 이렇게 위험한 것입니다. 서머타임 때문에 한 시간 덜 잔데다가 지난 밤에 퍼마신 술이 아직도 덜 깨서 눈 풀린 상태로 운행하고 있는데, 예쁘장하게 생긴 여학생이 친구와 함께 올라타면서 제 친구 요금도 제 카드로 같이 낼 수

있을까염? 생긋 웃으면서 묻길래 저도 웃으면서, 당근이죠라고 대답한다는 게 '캐럿'.

말하고 나서도 뭔가 약간 이상하단 생각을 하긴 했는데 요금 결제 하고도 약 10초가량 지난 후에야 사태를 파악하고서는 백미러로 눈치를 보니 그 귀여운 여학생 별 희한한 놈도 다 있다는 눈빛으로 저를 힐끗힐끗 쳐다보면서 친구랑 수군수군,

내가 토끼로 보이나봐.
니가 좀 귀엽긴 하지.

17

제 주급은 오클랜드 교통국에서 나옵니다만 어쨌든 버스를 이용하시는 분들이 있어 우리 식구 먹고 살 수 있으니 고맙기도 하고 공공복지 서비스를 수행하는 입장에서 당연히 이용자들에게 친절해야 하기에 버스에 타고 내리는 승객들에게 공손하게 웃으며 인사를 건네는데, 가만히 관찰해보니 인사를 주고받는 방식에 있어서 인종별로 약간의 특이점들이 있더군요.
백인, 대체로 인사를 잘 주고 받습니다.
면전에서는 밝게 미소를 던지고 나서 돌아서면서 표정이 180도

싸늘하게 변하는 경우가 간혹 있기도 하지만, 모델 같은 여자 승객이 활짝 웃으면서 '하이 하와유' 그러면 잠시 숨 좀 고르고 출발해야 합니다.

인도인, 인사를 잘 주고받긴 하는데 약간 싸늘합니다. 좀처럼 잘 웃질 않습니다. 특히 젊은 남자들 인도 사람인 줄 알았는데 잘 웃으면서 인사하는 사람들은 나중에 알고 보면 파키스탄이나 스리랑카 사람들이라는 인도 여성들의 특징은 일단 버스에 올라타면서 전화통화를 시작해서 버스가 떠나가도록 떠들다가 버스 내리면서 통화 종료. 인도 여자 혼자 타고 버스에 다른 손님이 없을 경우 100퍼센트의 확률로 발생. 그 이유는 현재 연구 프로젝트 진행중입니다.

마오리와 섬나라 사람들,* 천성이 밝은 사람들입니다. '하유 두잉' 한번 날려주면 입이 뒤통수까지 찢어지면서**

---

* 뉴질랜드의 원주민은 마오리. 한국에선 흔히 마오리족이라고 표현하는 분들이 계신데 저는 그 표현을 별로 좋아하지 않습니다. 아무도 황인족 백인족 인디안족이라고는 안 하잖아요. 아무튼 뉴질랜드 주변엔 바누아투 피지 사모아 등 작은 섬나라들이 있는데 마오리와 같은 인종으로 분류되는 폴리네시안들이 살고 있습니다. 폴리네시아에서 이민 온 사람들이 전체 이민자들의 30퍼센트 정도로 꽤 많은데 그네들을 속칭 섬나라 사람들이라고 합니다. 대부분 백인들이 개인주의적 성향이 강한 것에 반해 이들은 가족 중심적이고 성격 화끈한 사람들입니다.

** 일반적으로 How are you 보다는 남자일수록, 젊을수록 How are you doing 이나 How is it going을 더 많이 쓰는 것 같습니다. '하우 알 유 두잉' 그러면 숨넘어가니까 보통 '하유두잉' '하우짓고잉' 이렇게 발음합니다.

엊저녁에 뭐 먹었는지까지 다 얘기합니다.
처음 보는 사람인데 말이에요.

중국인,* 제가 중국아재처럼 보이는지 보자마자 '니하 셰셰'로 시작해서 뭐라뭐라 그럽니다. '워 쉬 한궈렌 뿌찌따오 한유에' 저는 한국사람이예요. 중국말 몰라요. 저항해봐야 아무 소용 없습니다. 알아듣지 못할 중국말로 한참을 떠들다가 '상큐'** 하고 내립니다.

한국인, 어떤 아지매들은 저를 알아보고 한국말로 인사를 하시기도 하는데 대체로 한국사람들이 인사에 인색합니다. 제가 먼저 인사를 해도 '쌩까는' 경우가 상당히 많습니다. 인사를 무시하는 비율은 아마도 전 세계에서 제일 높은 듯. 특히 젊은 애들과 나이 먹은 남자들은 쌩까는 비율 90퍼센트 이상. 동방예의지국에서 온 분들이 왜 이러는지 참 안타깝습니다.

인종차별의 의도는 전혀 없습니다. 모두 관찰과 팩트에 근거한 내용들이고 저는 인종이나 국적에 관계없이 차별 받을 만한

---

* 중국아재와 한국아재는 얼핏 보면 비슷해 보이지만 헤어스타일을 보면 확실히 구분됩니다. 깍두기 머리나 안감아서 눌린 머리는 100퍼센트 메이드 인 차이나. 나이 좀 들어보이는데 새까맣게 염색했다. 싶으면 국내산 웃으면서 인사하는 아시안 아재는 거의 중국사람 인사할 때 쌩까는 아시안 아재는 거의 한국사람.

** 상큐는 Thank you의 중국아재식 발음.

사람들만 차별합니다.

18

오후에 시내 쪽에서 운행하고 있는데 하늘을 보니 하얀 구름 가운데에 조그마한 먹구름이 보이길래 참 별일도 다 있네 하고 있었는데, 아니나 다를까.

오클랜드에서 가장 높은 건물이자 도시의 랜드마크인 스카이시티 컨벤션 센터에서 대형화재가 발생해 시내교통이 통제되었으니 모든 버스는 우회하라는 버스 무전이 계속 들어옵니다.

화재가 난 곳이 오클랜드 중심 중에서도 중심 사거리에 있는 대형 건물이었고 하필 퇴근 시간하고 겹치는 바람에 온 시내 교통이 거의 마비되어 버렸습니다. 뿌연 연기 속에서 이곳 저곳이 통제되고 소방차 경찰차들은 이리저리 날아다니고 차들은 서로 얽히고설켜 오도가도 못하고 말 그대로 아수라장이 되어 있는데, 저는 우회 통지를 듣기 전에 이미 그 근처로 진입한 상태라 이러지도 저러지도 못하고 어쩔 수 없이 한동안 시동 끄고 마냥 서 있을 수밖에 없었습니다. 그런데 버스가 서 있는 바로 옆에는 한자로 적혀 있는 중국계 건설회사의 건설 현장 안전 펜스가 보이고 버스 안에서는 남아 있던 몇몇 중국인 손님들이 자기네 나라말로 왁자지껄 담소를 나누고 있어서 잠시 제가 북경에서 운전하고 있는 줄 착각하고 있었다는.*

화재 원인은 아직 확실하지 않은데 아마도 컨벤션 센터에서 작업 중이던 인부들의 실수로 인한 화재일 가능성이 높습니다. 크게 다친 사람은 아직까진 없었던 것 같아 그나마 다행입니다.

한동안 꼼짝 못하고 화재현장에서 나오는 유독가스를 마셨더니 퇴근할 때까지 머리가 어질어질 하더군요.

어쨌든 그 이후 예정되어 있던 운행들은 다 취소되고 교통상황이 어느 정도 정리된 후 회사로 복귀해서 바로 퇴근했습니다.

화재 현장 주변은 그날 이후로도 며칠 동안 안전 점검을 이유로 완전히 교통 통제되었습니다. 대도시의 한복판을 며칠 동안 통제한다는 게 한국 같았으면 어림도 없는 일이지만 무엇보다 안전을 최우선으로 하는 나라이니만큼 시민들은 크게 불편하더라도 잘 참아내더군요.

---

* 실제로 북경에 잠깐 살았을 때 차가 너무 막히니까 버스 기사가 길 한복판에서 아예 시동 꺼버리고는 문 열어놓고 내릴 사람 내리라고 하는 걸 여러 번 체험했음.

얼떨결에 뉴질랜드의 역대급 화재사고의 현장에 함께 있었습니다.

19

회사 동료들 중에도 성격은 좋지만 입은 좀 거친 앤디라는 친구가 있는데 그 인간 입에서 나오는 모든 문장은 '훳더뻑'으로 시작해서 '블라디 쉿'으로 마무리됩니다. 물론 상황에 따라 중간중간에 양념으로 '갓뎀'이나 '뻐킹'도 추가되지요.

아침에 출근했는데 마침 앤디가 고래고래 소리를 지르면서 세상에서 제일 억울한 사람의 표정으로 떠들고 있길래 뭔일인가 봤더니 월요일이라 새 유니폼으로 갈아 입고 잘 안 하던 면도까지 말끔하게 하고 출근했는데 너 오늘부터 휴가 시작인데 왜 나왔냐는 소릴 듣고는 깊은 충격과 분노를 못 이겨 '훳더뻑'으로 화를 풀고 있던 중이라고.

NZ Bus에서는 일년에 총 4주의 유급휴가Annual Leave를 주는데 편의상 6개월에 2주씩 임의로 휴가를 편성해서 기사 휴게실에 있는 게시판에 미리 공지합니다. 물론 사전에 회사와 조율해서 본인이 원하는 날짜로 조정할 수는 있습니다. 앤디는 자신의 휴가가 수개월 전에 이미 공지된 것도 모르고 꼭두새벽에 일어나 이빨 닦고 출근했다가 이런 참변을 당하게 된 거였죠.

뉴질랜드의 근로자들은 이와 같은 4주간의 유급 연차휴가 외에 1년에 10일 간의 유급 병가Sick Leave를 부여받습니다. 물론 몸이 아프거나 컨디션이 아주 안 좋아서 일을 할 수 없는 경우 회사에 병가를 요청하고 쉬는 휴가 제도인데 요걸 또 악용해서 아프지도 않으면서 아프다고 병가를 내고는 골프를 치러 가는 영악한 선배들을 가끔 볼 수 있습니다. 연차 휴가의 경우에는 안 쓰고 모아놨다가 나중에 한꺼번에 쓰거나 아니면 회사에서 그 휴가에 상응하는 돈을 받고 팔 수도 있지만 병가는 사용하지 않은 채 일정 기간이 지나면 소멸되어 버리기 때문에 저처럼 웬만해서는 아픈 일이 거의 없고 그렇다고 안 아픈데 아프다고 거짓말하기는 싫은 사람의 경우에는 조금 아깝다는 생각이 듭니다.

어찌 되었든 법적으로 저에게 부여된 쉴 권리인데 안 쓰고 없어져 버리니까 이래서는 안 되겠다 싶어서 머리를 조금 썼습니다.

일하기 무지하게 싫었던 어느 날 하루 일과를 간신히 끝내고 퇴근하는 길에 회사의 인사 담당 직원에게 가서 이렇게 병가 요청을 합니다.

지지리도 말 안 들어 처먹는 아들래미 땜에 속상해서
홧병이 도졌어. 내일 일 못하니까 병가 처리 좀 해줘.
홧병이 뭔데?
한국 사람들한테만 있는 풍토병 같은 거야. 인터넷
찾아봐 빠이빠이.

이렇게 기업체에서 근로자들에게 부여하는 휴가 이외에
뉴질랜드에는 매년 12개의 법정 공휴일이 있습니다. 그중에는
크리스마스처럼 아예 날짜가 못박혀 있는 휴일도 있지만
노동절처럼 10월의 네 번째 월요일로 지정되어 매년 황금 주말
연휴를 맞게 되어 있는 경우도 있습니다.

이렇게 많은 휴가와 휴일들이 있어서 가끔은 이 양반들이 일
하다가 쉬는 건지 아니면 쉬다가 지치면 가끔씩 나와서 일하는
건지 헷갈릴 때가 많습니다.

오래된 이야기이지만 제가 사회초년병이던 90년대 중후반엔
월차 휴가나 병가는 상상이나 전설 속에 존재하는 단어일
뿐 윗사람들 눈치 보여서 절대 쓸 수가 없었고 1년에 일주일
부여된 여름 휴가마저도 상사들의 강압적인 권유에 의해
주말 포함 5일 정도만 쉬고 나머지는 회사에 자진 반납하는
분위기였던 것을 떠올리니 도대체 우리나라 사람들은 살기

위해 일하는 것인지 아니면 일하기 위해 사는 것인지 답답한 마음입니다.
물론 이런 바람직하지 못한 상황은 지금은 모두 없어졌을 것이라 생각합니다. 아닌가?.

남의 나라에 와서 다른 여러 나라의 민족들과 섞여 살면서 한국 사람들의 근면 성실함은 전세계 톱클래스라는 걸 다시 한 번 두 눈으로 생생하게 확인하게 되었습니다.
일제의 식민지배에 이은 전쟁의 잿더미 속에서 후손들을 위해 헌신하신 선배님들 덕분에 우리도 어느덧 선진국의 대열에 들어섰으니 이제부터라도 우리의 후배들은 좀 여유를 갖고 휴가와 휴일을 즐길 수 있는 환경이 되었으면 좋겠습니다.

다른 건 몰라도 우리의 전통 명절인 추석과 설날에는 앞뒤로 3일씩 붙여서 한 1주일씩 쉬게 해준다면 상습적인 귀성 교통 체증도 어느 정도 분산되고 전 부치고 나물 무치느라 지친 분들에게도 충분한 휴식이 될 거라 생각하는데 여러분들의 생각은 어떠하신지요.

20

오늘은 쉬는 날인데 노조 미팅이 있으니 잠깐 나올 수 있으면 나오라고 연락을 받았습니다. 노조 활동은 엄연한 근로자들의 권리이기에 공식적인 노조 활동이 있는 경우 일부 운행을 취소하더라도 오클랜드 교통국이나 회사는 물론 시민들도 다 이해해주는 분위기입니다.

노조와 거리가 먼 인생을 살아왔지만, 데다가 오전 운행 일체 캔슬하면서까지 다들 모이길래 무슨 일인가 궁금해서 가봤더니 체 게바라처럼 생긴 노조위원장이 80년대 전대협 의장 같은 어조로 뭐라 뭐라 외치고 있네요. 여기까지 오시느라 고생 많았단 얘기까진 알아듣겠는데 그 이후론 뭔 소린지 하나도 못 알아먹겠네요.

선배들에게 물어보니까 내년도 임금 인상안을 비롯해 여러가지 복리후생 요구사항에 대해 회사에 좋게 말로 해도 안 먹히니까 우리의 단결된 힘을 보여주자는 것 같았습니다. 운행은 정상적으로 하되 요금은 받지 말자는 일종의 태업.
참 깜찍하죠잉.

뉴질랜드의 시내버스는 각 자치단체와 위탁운영 계약을 맺은 버스회사들이 그 자치단체의 교통국으로부터 모든 비용에 대한 예산을 받아 운영되고 카드는 물론 현금 수금한 요금은 전액 자치단체 교통국으로 귀속됩니다. 회사는 금전적으로는 버스요금하고 전혀 관계 없는 입장이지만 수금한 요금을 취합해서 시 교통국으로 송금해야 할 책임이 있으니 이런 투쟁 방식은 시민들의 피해는 없이 회사와 시 당국을 압박하는 나름 괜찮은 방법이었습니다.

어쨌든 돈 받지 않고 공짜로 태워줘서 그런지 평소엔 인사는커녕 본 척도 안 하던 승객들까지도 요금 대신 사탕과 초콜릿 등을 주면서 우리의 태업을 격려하고 응원하는 등 든든한 후방지원에 힘입어 계속된 투쟁을 이어가는데 영주권을 받기 전까지 한국인 고용주 밑에서 일하면서 근로기준법에 명시된 휴식시간이나 정기휴가 등 근로자의 기본권을 행사하는 건 고사하고 인격적인 모욕까지 견뎌내야 했습니다.
워크비자를 내주는 조건으로 저에게 뒷돈을 요구하는 업주도 있었습니다. 나중에 알고 보니 그래도 저는 결국 영주권이라도 받았으니 그나마 괜찮은 케이스였다고 하네요.

이래저래 돈 뜯기고 맘 상하고 고생만 죽도록 하다가 불법체류 신세가 된 사람도 꽤 있다고 합니다. 남의 나라에 와서 같은 민족이라는 인간들에게 빨대 꽂혀서 있는 거 없는 거 다 쪽쪽 빨려가면서 살아왔었는데, 이렇게 쌈박한 후방지원군이 있다고 생각하니 아주 든든합니다.

노조에서 월급도 올려준다고 하니까 오늘 저녁 메뉴는 바닷가재로 히힛 김칫국부터.

21

앞에서 이야기한 대로 깜찍한 파업이 시작됐습니다.

노조의 요구사항이 받아들여지지 않자 운행은 정상적으로 하되 요금은 받지 않는 태업이 오늘부터 시작된 겁니다. 아, 그런데 이게 생각보다 번거롭습니다.

노조의 지침에 따라 버스카드 단말기를 닫아놓고 운행하는데 버스에 올라타는 손님들마다,

> 단말기가 왜 고장이 났냐?
> 너네들 파업은 왜 하는 거니?
> 파업하려면 화끈하게 운행도 안 해야 하는 거 아닌가?
> 당신들의 파업을 지지합니다.

등등 다들 한마디씩 하니 대꾸하기 귀찮아서 차라리 그냥 돈받고 태워주는 게 편하겠더라구요. 그래도 내려줄 때 땡큐 소리는 그 어느 때보다 쩌렁쩌렁하더군요.
역시 공짜는 누구나 좋아해. 그러던 중 모 개그맨처럼 생긴 녀석이 아주 얌체 같은 목소리로,

이 뻐스 꽁짜 맞죠?

그러면서 올라타길래, 꽁짜는 무슨 꽁짜! 이 버스 한 대가 30만 불이 넘는데 뭔 헛소리여!라고 한마디 쏴줄려다가 귀찮아서 관뒀습니다.

처우개선을 요구하는 버스기사들의 입장도 분명 일리가 있고 누적되는 적자를 시민들 세금으로 메우는 오클랜드 교통당국의 입장도 이해가 됩니다. 그나마 승객들의 발목을 잡지는 않는 방법으로 파업이 진행되어 다행이긴 합니다만 서로가 한 발씩 양보해서 좋은 방향으로 빨리 타결되길 바랍니다.

22

파업 아니 태업 시작한 지 며칠 지나니까 이젠 적응된 사람들이

많아져서 알아서 아예 카드도 꺼내지 않고 그냥 눈인사만 하고 타는 사람들이 대부분입니다. 버스 환승 스테이션에서 출발시간 기다리고 있는데 개그우먼 이영자 씨처럼 넉넉하게 생긴 언니가 올라타길래 습관적으로, 안냐세염,
카드 태그하실 필요는 없어염 하니까 우렁찬 목소리로 버스가 쩌렁쩌렁 울리게,

> 알아유. 알아도 너무 잘 알쥬. 울 아빠 오빠 삼춘 조카 사돈에 팔춘까지 친척 중에 10명도 넘게 이 회사 다니지라. ㅋㅋㅋ

이러면서 이영자 톤으로 썰을 풀기 시작하는데 솔직히 절반밖에 못 알아듣겠는데도 말투나 표정이 너무 웃겨서 마냥 웃기더군요.

웃다가 출발시간 놓쳐서 서둘러 가는데 이 언니가 앞문 바로 뒤쪽에 자리 잡고 앉더니 올라타는 손님들한테, 카드에서 손 떼욧. 얼른 가서 자리에 앉으라구욧. ㅋㅋㅋ. 이러면서 눈알을 부라립니다.

물론 웃는 얼굴로. 버스 노선과 운행시간까지도 완전히 꿰고 있습니다. 정류장에서 폰 쳐다보고 있던 손님이 버스가

지나가는 것도 모르고 있다가 뒤늦게 손을 흔들자 마치 그 사람들으라는 듯 큰 목소리로,

> 늦었어 인마. 계속 폰이나 들여다보고 있어. 5분 있으면 콥시에서 오는 차 있으니까. 그거나 타. ㅋㅋㅋ.

이럽니다. 첨엔 이게 뭥미 하고 멀뚱히 쳐다보던 손님들도 시간이 지나니까 다들 같이 데굴데굴 구릅니다. 어떤 손님이 앞문으로 내리면서 눈인사도 안 하고 쏙 빠져나가니까,

예의도 모르는 인간, 공짜로 태워줬으면 빈말이래두 고맙다고 하구 내려야지.

그러고 나니까. 모든 손님들이 내리면서 큰 목소리로 땡큐 드라이버를 날려주더군요. 여태까지 태워줬던 중 승객 중 제일 기분 좋은 사람이었습니다. 나중에 파업이 끝나더라도 공짜로 태워줄 겁니다.

23

큰일 났어요. 일주일 동안 돈 안 받고 손님들 태워줬더니 회사

측에서 열을 많이 받은 모양입니다. 오늘 출근했더니 파업이 종료될 때까지 회사의 일체 업무를 중단한다는 'Suspension' 통지를 주더군요. 한국으로 치면 사업장 폐쇄 비슷한 것 같은데, 요금 안 받고 운행할 바에야 운행도 안 하고 급여도 안 주겠다는 거죠.

비노조원들은 정상적으로 급여가 지급된다길래 그럼 지금이라도 노조 탈퇴하고 말 잘들으면 안 되겠냐 그랬더니, 이미 늦었답니다.

얼마 전 호주 자본이 저희 회사를 인수했다고 하는데 노조와 새로운 주주들 간의 기싸움이 시작된 것 같습니다.

음, 어쩌지…. 파업 성공하면 월급 올려준다고 해서 바닷가재까지 질렀는데 큰일 났습니다. 일주일 벌어 일주일 먹고 사는 가난한 이민자의 삶인데 노조미팅 갔다가 무능한 집행부 '꼬라지' 보고 분기탱천하고는 짜장면이나 한 그릇씩 때리고 집에 가자는 한 선배 기사의 제안에 미팅에 참석했던 한국인 기사들이 모두 중국집으로 모였습니다.
예상대로 한 선배가, 오랜만에 다들 모였는데 아직 낮이니까 딱 반병씩만 할까? 시동을 겁니다. 그걸로 끝날 거라 생각한 사람은 그 자리에 아무도 없었죠.

연로하신 분들은 1차에서 마무리 짓고 귀가하셨지만 발동 걸린 혈기 왕성한 템포러리 실직자 다섯 명은 결국 중국집에 있던 소주를 다 해치우고는* 맥주바와 노래방을 전전하면서 스펙터클한 낮술 풀코스를 완주했습니다.

덕분에 그다음 날 하루 종일 혼수상태로 있었지만 이 나라에 이민 온 이후로는 과음이나 음주가무 같은 건 멀리 하고 살았는데 저의 정체성을 다시금 깨닫게 된 하루였습니다.

내일 또 노조 미팅인데 설마 또 먹자고는 안 하겠죠.

24

업무정지 6일차.

오늘 또 노조미팅에 나오라고 해서 가봤더니 집행부에서 기이한 제안을 하더군요.

'회사 측의 최종안은 우리가 도저히 받아들일 수가 없으니…'.

---

* 설마 중국집에 소주가 떨어지겠습니까. 우리가 이미 '꽐라'가 된 걸 보고 중국집 주인이 기지를 발휘한 거라 생각합니다. 얘들을 더 멕이면 오늘 문 닫기 힘들겠다 판단했겠죠.

제 상식으로는 이 말 다음에, ‘투쟁 방법을 화끈한 방향으로 바꿔 더 가열차게 우리의 의지를 보여줍시다.’쯤이 되어야 할 텐데,

‘일단 주머니에 돈이 있어야 다가올 크리스마스도 따뜻하게 보내고 하니 파업은 일단 여기서 접고 다들 업무 복귀하셔서 주급 타가시기 바랍니다. 우리는 다른 방법으로 회사측과 협상하겠습니다.’고 합니다.

모이자고 했을 때 대충 감은 잡았지만 이렇게 허무하게 항복할 줄은 몰랐네요. 서로 간 상처가 깊어지면 깊어질수록 합의점을 찾아가기 힘든 것이 이 시점에서 파업을 접는 가장 큰 이유라고 하니 정말로 답답하고 순한 양 떼 같은 사람들입니다.

뉴질랜드 정부 발표에 따르면 이 나라의 버스기사들이 모든 직종을 통틀어 가장 평균 연령이 높고 이직률이 낮은 직종이라고 하는군요. 우리나라 같으면 퇴직금 받아 가지고서 이걸 어떻게 날려먹으면 잘했다고 소문이 날까 고민할 나이인 55세가 이 직종의 평균 연령입니다. 그나마 그것도 최근에 젊은 드라이버들이 많이 들어와서 낮아진 거라는. 저희 지점만 봐도 70 넘은 할배들이 수두룩하긴 합니다. 돌아가시기 전날까지 운행 잘 하다가 다음 날 출근을 안 해서 확인해보니 주무시다가

돌아가셨다는 분도 있었습니다.

저랑 친한 할배였는데 이렇게 나이도 많고 충성도도 높은 사람들인데 주급은 왜 안 올려주냐고? 경로우대도 모르는 못 배워먹은 인간들.

25

오늘은 주급 들어오는 날, 지난주 회사 폐쇄로 이틀밖에 일하지 못해 주급이 몇푼 안들어올거라 예상했는데 생각보다 많이 찍혀서 '이게 뭥미' 하고 세부 내역을 보니까 노조에서 250불을 따로 입금해줬더군요.

지들도 양심은 있었는지 협상 개떡같이 해서 노조원들 '개피' 보게 만든 게 미안하긴 했던 모양입니다. 일주일치 급여 날려 먹은 거에 비하면 턱도 없는 금액이지만 긍정적인 방향으로 발상을 바꿔보니 이야기가 좀 달라집니다. 지금까지 제가 일주일에 3불씩 노조회비를 내서 여태까지 낸 회비가 100불 정도 되는데 그게 6개월 만에 250불이 되어 돌아왔으니 제법 괜찮은 곳에다가 투자한 셈입니다. 이게 연수익률이 대체 얼마여.

당분간 술 안 마시려고 했는데 어쩔 수 없네요. 오늘은 한 잔 해야지 허허허. 정신 승리의 끝은 어디인가. 옛말에 핑계 없는 술상은 없다고 했죠. 결국 호기롭게 시작했던 파업은 아무런 소득 없이 용두사미로 마무리 되었고 모두들 아무일 없었다는 듯이 출근해서 다시 일상으로 돌아왔습니다.

이럴 걸 왜 시작했냐고요. ㅠㅠ 단 한 가지 소득이라면 이번 파업을 계기로 노조는 믿을 게 못 된다는 확신을 가지게 되어 다시 출근하자마자 바로 노조 탈퇴 신청서를 내고 매주 3불씩 주급에서 자동 공제 되던 노조 회비를 절약할 수 있게 되었습니다.

어쨌든 이 파업 이후 노조와 정부와 회사의 노력으로 버스 기사들의 처우는 많이 개선되었지만 나이 들어 본인의 원래 직업에서 은퇴하고 난 후 버스 핸들을 잡게 된 고령자들이 과반수인 버스 기사들의 고용구조상 고질적인 인력 수급의 불안정은 해소되지 않았습니다.

코로나 이후 고령자들이 대거 퇴직한 후 버스 기사의 숫자가 급격히 감소하는 바람에 몇몇 도시에서는 정상적인 버스 운행이 어려워지자, 최근 정부에서 특단의 조치를 내려서 필리핀과 인도 그리고 사모아, 피지 등 남태평양의 여러 섬나라에서

PayHero
GB5431
We Are Kinetic
PUT YOUR PAYROLL
ON AUTOPILOT
payhero.co.nz
LFG298
Driver
Academy
Metro

버스나 대형 차량 운전 경력이 있는 사람들에게 특별 워크비자를 발급해서 인력이 부족한 버스 운행 현장에 투입하게 되었습니다.
이 사람들 역시 기존의 버스 기사들과 동일한 근무 조건에 동일한 급여를 받으면서 일하게 되었는데, 조금 더 정확하게 말씀드리자면, 뉴질랜드에서는 고질적인 노동 인력 부족을 해소하기 위해 부족 직업군에 해당하는 직무능력을 가진 외국인들에게 엄격한 심사를 거쳐 워크비자를 부여하는데, 그 심사 항목 중 하나인 소득 기준을 맞추기 위해 이 사람들의 급여가 원래 기존 기사들보다 높게 책정되는 바람에 급여의 형평을 맞추기 위해 따라 덩달아 저희들의 급여도 소폭 상승하게 되었습니다. 아주 고마운 분들이라 간혹 기사 휴게실에서 만나기라도 하면 제가 커피 타서 마시라고 줍니다.

얼마 전에 한국 뉴스를 보니, 필리핀 등에서 외국인 가사 도우미를 도입하겠다는 정책이 여러 가지로 문제점을 드러내면서 난관에 봉착했다고 하더군요. 그 정책이 한국 여성의 경제 활동 참여율과 출산율을 제고하기 위해 많은 고심 끝에 쥐어 짜낸 고육책이라는 점은 충분히 이해가 갑니다.
그런데 그 제도를 시범적으로 도입하게 되어있는 우리나라에서 제일 큰 도시의 행정 책임을 갖고 계신 분께서 외국인 도우미들의 인건비를 월 100만 원 이하로 책정해야만 그 정책의

효과가 제대로 나타날 수 있다는 취지의 발언을 하셨던 것으로 알려졌습니다. 만약에 그렇게 되면 돈 벌기 위해 가족과 헤어져 남의 나라에 와서 궂은 일 하게 될 그 외국인 도우미들은 과연 그 돈을 받아서 어떻게 먹고 살아가야 하며, 또 그들의 인권은 어떻게 되는 건지 참으로 궁금합니다. 또, 그렇게 낮은 가격이 시장에 형성된다면 현재 도우미로 일하고 있는 분들의 처우는 또 어떻게 될지에 대한 생각은 안 해보신 것 같다는 생각도 듭니다.

수십년 전 식민 지배와 내전으로 폐허가 된 조국에 조금이라도 기여를 하시겠다고 눈물을 흘리며 저 멀리 지구 반대쪽으로 가셨던 광부와 간호사 선배님들은 정말 어려운 여건 속에서 힘들게 고생하셨지만, 그나마 그분들은 독일 정부의 엄정하고 공정한 보살핌 덕분에 현지 사람들과 동일한 처우를 받으면서 지내셨다고 합니다.

누군가의 희생을 통해, 특히 가진 것 없고 가진 힘 없는 사람들의 소중한 권리를 약탈해 가면서 사회적인 발전이든 경제적인 풍요를 얻어내고자 하는 행위는 이미 지나간 시대에 충분히 봐왔으니, 이제는 그들이 우리나라 사람이건 남의 나라에서 온 사람이건 할 것 없이 사회적 약자들을 보듬어 줄 수 있는 정책적인 배려가 조금 더 필요하지 않나 생각하는데, 여러분들의 생각은 어떠신지요.

26

대부분의 오클랜드 버스 이용자들은 'HOP Card'라는 선불충전식 교통카드를 사용합니다. 평소에 버스를 자주 이용하지 않는 사람들은 교통카드가 없으니 당연히 현금을 내겠지요.

현금을 받게 되면 거스름돈 내주고 영수증 끊어주고 나중에 회사에 들어가서 입금해야 하고 만약에 잔액 안 맞으면 퇴근 못하고 사유서 써야 하는 등등 이래저래 귀찮은 일이 많습니다.

지난 주말부터 오늘까지 공휴일이 끼어 있는 황금연휴인 데다가 오늘은 시내에 있는 스타디움에서 크리켓 빅 매치까지 열리는 바람에 버스가 어떻게 생겼는지도 모르는 사람들까지 죄다 몰려나와서 그랬는지 현금 승객이 평소보다 대여섯 배는 많았던 것 같습니다.

안 그래도 피곤한 현금 승객들이 저마다 한마디씩,

요금이 얼마냐.
왜 이리 비싸냐.
잔돈이 맞네 틀리네.
돈이 좀 모자라는데 깎아달라.

그것도 모자라 신용카드나 고액권 들이대는 사람 등등 하루 종일 짜증 게이지가 팍팍 올라가고 있습니다. 이제 마지막 트립 하나 남겨놓고 그 많던 손님들도 거의 사라지고 없어서 조금은 마음을 가라앉히고 운행 준비하던 중, 섬나라 출신으로 보이는 한 '아부지가'가 어린 딸래미 둘을 앞세우고 올라탑니다. 언니로 보이는 아이가 동생에게,

니가 돈 갖고 있잖아, 얼른 드려.

동생이 부끄러운 듯 손을 내미는데 새하얀 손바닥에 딸랑 2불짜리 하나 10센트짜리 3개, 기본요금이 어른이 3불 50센트 어린이가 2불 아무리 계산해 봐도 셈이 안 맞아서 속으로 이게 뭘 의미하는 것일까. 생각하면서 눈을 껌뻑이고 있으니까 뒤에서 있던 그 아부지가 쓰윽 앞으로 나오더니,

이넘들 데리고 하루죙일 이짝저짝 돌아댕기느라 가진 돈 홀랑 다 써버리구 말았시유. 인자 야들 델꾸 집에 가야 쓰겄는디 한번만 좀 봐주세유.

하면서 장화 신은 고양이 표정으로 사정을 합니다. 그러면서 드디어 결정타를 날리는데,

집에 있는 애들 엄마 줄려고 포장해 온 국수가 좀 있는디,
이거라두 좀 드릴까유.

귀가 막혀서 코로 방구가 나오더군요. 진짜로 풀 죽어 있던 어린 딸래미 둘이서 그 방구 소릴 듣고는 데굴데굴 구르면서 깔깔거립니다. 보는 승객도 없고 아이들도 귀여워서 기분 좋게 공짜로 태워줬습니다.

세 명이서 번갈아가며 고마워 죽겠다는 소릴 한 삼십 번 정도 하고는 자리에들 앉아서 한참을 가다가, 다같이 내리면서 그 아부지가 한 방 더 날립니다.

진짜루 고마워유, 기사선상님. 복 많이 받으셔유. 근디
마지막으루 물어보겄는디 이 국수 진짜 안 드실 껴여유?
허벌라게 맛있는디.

이제 방구도 안 나옵디다.

27

남의 나라에 이민 와서 대기업에 근무한다는 자부심으로 하루하루 공공복지 서비스 업무를 충실히 해온 지 어언 10개월. 크게 만족스럽지는 않았지만 그렇다고 또 그렇게 불만족스럽지도 않은 생활을 해오던 중 잘 알고 지내는 분으로부터 거절하기 힘든 아주 좋은 제안을 받고 한동안 고심 끝에 먼 곳으로 떠나기로 했습니다.

2부

김씨남정기

조선에 김만중의 『사씨남정기』가 있었다면
뉴질랜드에는 연쇄유턴마의 김씨남정기가 있고, 큰
그림을 그리며 남섬 퀸스타운을 향해
먼 길을 떠났으니….

1

퀸스타운Queenstown. 뉴질랜드의 남섬에 있는 대표적인 관광지로 아름다운 산으로 둘러싸인 큰 호수가 있어 아무 데나 대고 카메라 셔터를 눌러도 그림엽서가 나온다는 곳입니다. 제가 처음 이 나라와 인연을 맺었던 곳이기도 하고 작은 타운이지만 1년 내내 관광객들이 넘쳐기 때문에 여러 모로 사업 기회가 많은 곳입니다.

저를 유혹하신 분은 퀸스타운에서 오랫 동안 청소업을 핵심 아이템으로 해서 여러 가지 사업을 운영하고 있는 분으로 몇 가지 새로운 사업 아이디어가 있긴 한데, 손발을 맞춰 같이 추진할 사람이 필요하기도 하고 기존에 진행되는 루틴한 업무는 저에게 맡겨두고 자신의 버킷리스트도 좀 해결하고 싶다는 강한 열망에 저에게 분에 넘치는 좋은 조건을 제안하셨습니다. 십여 년 전 제가 이 나라의 문을 처음 두드릴 때 한 1년 정도 그분 밑에서 일을 했었는데 그때 저를 그리 나쁘게 보시진 않았던 것 같습니다.

가족들과 함께 지낼 날을 학수고대하다가 다시 또 혼자 멀리 떠나갈 결심을 하기가 쉽지는 않았는데 제안 받은 사업 외에도 퀸스타운에서 따로 제가 해보고 싶은 여러 가지 괜찮은 사업 아이디어가 있었기 때문에 역마살이 끼어 있는 저의 숙명이라 생각하고 도전하기로 결심했습니다.

God save the Queenstown.

사실 이즈음 전처와의 관계가 급격히 악화되었는데 그것도 이와 같은 결심을 하게 된 큰 요인 중 하나입니다.

2

It ain't Over 'til it's Over. 끝날 때까진 끝난 게 아니다.

뉴욕양키즈의 최전성기를 이끌고 명예의 전당에 헌액되기도 한 명포수 요기 베라Yogi Berra가 한 말입니다. 가난한 이태리 이민자 가정에서 태어나 많이 배우진 못했지만 워낙 말재주가 좋아 거칠거칠한 명언들을 많이 남겨 '요기즘Yogism'이란 신조어까지 생겨났었죠.

몇 가지 살펴보면,

갈림길에 이르면 그걸 택하라. If you come to a fork, take it.

돌아가더라도 어차피 목적지는 정해져 있다. 여기서 it은 아무거나를 뜻함.

> 미래는 예전의 미래가 아니다. The future ain't what it used to be.
> 우리의 미래는 우리가 하기에 달려 있다.

지금 우리의 상황을 마치 몇십년 전에 미리 내다본 것처럼 얘기했죠. 이 외에도 주옥 같은 어록들이 정말 많은데요. 제가 제일 좋아하는 말은,

> 피자를 네 쪽으로 잘라줘. 배불러서 여섯 쪽은 못 먹겠어.

세상은 생각하기 나름이기도 하죠.

3

뉴질랜드가 호주 대륙 바로 옆에 있기 때문에 상대적으로 작아 보이지만 두 개의 큰 섬으로 이루어진 제법 큰 나라입니다. 그 섬의 이름을 매우 성의 없게 지었으니 하나는 북섬이요 다른 하나는 남섬.

북섬의 북쪽에 있는 오클랜드에서 남섬의 남쪽에 있는 퀸스타운까지는 중간에 페리 타고 바다를 건너는 구간을 빼더라도 약 1600km. 서울에서 부산을 갔다가 왔다가 다시 또 가는 거리보다 조금 더 멉니다. 퀸스타운으로 출발하면서 처음에는 비행기를 타고 갈까 생각을 했지만, 짐이 생각보다 많았고 또 어차피 그곳에서도 차가 있어야 하니 조금 힘들더라도 차를 가지고 가기로 결정했습니다.

아벨 타스만Abel Tasman이라는 네덜란드 탐험가가 자기네 고향 Zeeland의 이름을 따서 New Zealand라고 부르기 전까지 이 땅의 이름은 Aotearoa였습니다. 마오리 말로 크고 흰 구름의 땅이란 뜻이죠.

수백년 전 뗏목에 의존해 태평양을 헤매던 마오리들이 아마도 오늘 같은 날씨에 이 땅을 발견하지 않았나 싶습니다. 날씨 정말 좋군요.

가는 길에 뉴 플리머스New Plymouth라는 곳을 들렀습니다. 뉴질랜드 북섬 서해안에서 가장 아름다운 도시지요. 참고로 뉴질랜드 북섬의 서해안엔 도시라고는 달랑 이놈 하나뿐입니다.

이 부근에 타라나키Mt Taranaki라고 하는 제법 높은 산이 있는데 뉴질랜드 관광 안내 브로셔마다 빠짐없이 등장하는 멋진 곳이죠. 산 중턱에 있는 작은 호수 Tarn에 비친 산 정상의 모습이 너무 멋있어서* 사진으로는 많이 봤지만 그 광경을 실사로 두 눈에 담고 싶어서 그동안 두 번 도전했었는데 두 번 모두 산 정상이 구름에 가려 실패하고 말았습니다.

퀸스타운 프로젝트가 성공해서 그곳에 자리를 잡게 되면 이번이 타라나키에 오르는 마지막 기회가 될 수도 있고 날씨도 마침 새벽에 소나기가 퍼붓고 나서는 쨍하고 화창해지길래 세 번째로 그 Tarn을 향해 출발을 했습니다. 하지만 이번에도 Tarn 근처에 있는 산장에 도착하니 갑자기 짙은 구름이 몰려와서 한 치 앞도 안 보이더군요. 어쩔 수 없이 더이상 오르지 못하고 돌아 내려오고 말았습니다.

'도모하는 것은 인간이지만 이루어지는 것은 하늘의 뜻이도다.'라는 제갈공명의 탄식이 문득 떠오릅니다. 지금에 와서 생각해보니 이게 어떤 암시가 아니었나 싶습니다.

---

* Tarn, 일반명사. 산 속에 있는 작은 호수.

4

뉴 플리머스에서의 아쉬움을 뒤로 하고 남쪽으로 내려와 웰링턴에서 페리를 타고 남섬으로 넘어왔습니다. 퀸스타운으로 가는 길에 조금 돌아가더라도 남반구 유일의 빙하 지대를 구경하고 가려고 약간 우회해서 프란츠 조셉 빙하Franz Josef Glacier라는 곳으로 왔습니다.

그런데 미리 예약한 숙소에 도착해서 방 배정을 받는데 카운터 직원이 이상한 소리를 합니다.

> 여기서 한가하게 빙하 관광 할 때가 아니어라, 지금 난리 났응게 언능 차 돌려서 집으로 가는시게 좋을끼.

제가 뉴질랜드의 대기업을 퇴사하고 퀸스타운으로 올 결심을 할 즈음 전 세계적으로 코로나 바이러스가 유행을 하기 시작했었지만 뉴질랜드에서는 바이러스의 확산이 비교적 잠잠했었기에 뭐 이러다 말겠지 하고 계획대로 밀어붙였습니다. 그런데 지난주부터 갑작스레 확진자 수가 증가하면서 정부에선 신속하게 록다운Lock Down을 선언하며 병원 약국 주유소 마트 등 아주 필수적인 곳을 제외한 모든 업장을 폐쇄하고 시민들의 모임이나 이동도 엄격하게 제한하고 있습니다.

조기에 잡아버리겠다는 초강수를 둔 거죠.

평소 이 나라 사람들의 반응속도를 감안하면 '베리베리' 신속한 조치라 볼 수 있습니다. 지난 며칠 동안 혼자서 운전만 하고 오는 바람에 이런 상황을 미처 알지 못하고 있다가 사태가 생각보다 심각하다는 걸 파악하고는 다시 돌아갈까 고민도 했지만 새로운 고용주와 장시간 통화 끝에 일단 칼을 뽑았으니 '못 먹어도 고'를 외쳤습니다.

어쨌든 여기까지 왔으니 빙하 구경은 하고 가려고 채비를 하고 나왔습니다. 하지만 가이드를 따라 빙하 위를 걷는 관광 상품은 록다운으로 인해 전부 취소되었고 일반 등산로도 지난밤 폭우로 인해 일부 구간이 폐쇄되어 빙하를 먼 발치에서 바라볼 수밖에 없어서 아쉬움이 많이 남았는데 저야 뭐 지나가는 길에 잠깐 들른 거라 그나마 좀 덜 억울한데 큰 맘 먹고 다른 나라에서 여기까지 온 사람들은 실망이 이만저만 아니겠습니다.

지구 온난화 및 강수량 감소로 인해 빙하가 눈에 띄게 녹아내리고 있어서 제대로 된 빙하 체험은 다음번 빙하기를 기약하고 다시 길을 떠났습니다.

5

빙하 구경 잘 하고 퀸스타운으로 가는 길에 어스파이어링 산Mt Aspiring*이라는 이름부터 패기가 철철 넘치는 큰 산을 하나 넘어서 가야 하는데 산악지역으로 들어서기 전에 미리 차에 기름 넣는다는 걸 깜박하고 경치 구경하면서 룰루랄라 가다 보니, 이런 연료게이지에 노란 경고등이 들어옵니다.

구글 지도를 보고 위치를 확인하니 산을 넘어가려면 아직도 한참 남았고 그렇다고 돌아가기에는 애매한 지점, 산 속이라 주유소도 없고 전화도 안 터지고 워낙 외진 곳인 데다가 그나마 록다운으로 관광객들의 발길도 끊어져 지나가는 차도 하나도 없어서 어쩔 수 없이 초절약 모드로 운전하며 발발발발 가다가 어느덧 산꼭대기를 넘어서 드디어 주유소를 발견 앗사 가오리를 외치며 달려갔는데, 아, 이럴 수가, 불도 꺼져 있고 문도 굳게 잠겨 있네요.

마침 주유소 옆에 차가 한 대 서 있길래 실낱 같은 희망을 가지고 다가가 보니 얼빵하게 생긴 남자가 운전석에 앉아서 맥주를 홀짝거리고 있네요. 인적 없는 도로가에 차 세워두고 혼자 술을 마시고 있다니 이게 뭐하자는 프로세스인지

* aspiring 형용사. 큰 뜻을 품은, 높이 치솟은

궁금하면서도 께름칙했지만 달리 방도가 없어서 도움을 청하러 가까이 갔습니다.

실례합니다. 오 형제 무슨 일인가. 안냐세염, 기름이 똑 떨어졌는데 저 주유소 언제 문 열까요. 주유소 쥔장은 일찌감치 문 닫고 가버렸지라. 인자 록다운이라 올 손님도 없을 꺼고 해서 메칠 동안은 안 나올 낀데. 아 어떡하지, 좀 도와주세유. 그랬더니 이 인간이 눈을 껌뻑껌뻑하면서 한참 뜸을 들이더니 맥주를 한 모금 들이키고는, 형제여 현금이 좀 있는가. 쬐끔 있는데. 그럼 나헌티 100불만 주쇼. 나가 쩌그 읍내에 가서 기름 쪼메 사다가 갖다 줄 텡께. 많이는 못 사다 주고 한 30불어치 정도. 약간 낌새가 이상해서, 그람 저랑 같이 가유. 주유소까지만 좀 태워주셈. 그랬더니 이 자식 약간 당황한 듯 대답은 안 하고 눈썹을 한 번 꿈틀 하더니 얼빠진 표정으로 먼 산만 쳐다보고 있네요.

아무래도 상태가 많이 안 좋은 인간인 것 같아 오래 얘기하면 안 되겠다 싶어 에라 모르겠다 될 대로 되라 하고 그냥 시동 걸고 출발했습니다. 주유 경고등은 이미 새빨갛게 변해서 계기판에서 튀어나오려고 하고 있어서 똥줄을 있는 대로 다 태우면서 산자락을 한참 내려가다 보니 다행히도 영업 중인 주유소가 하나 나오더군요. 워메, 고마워라 하고 빛의 속도로

기름을 넣고 보니, 다른 데보다 20프로 정도 비싸네요. 졸지에 산속에서 조난 당할 뻔했는데 뭐 그게 문젭니까. 그나저나 그 자식 암만 생각해도 웃기는 인간입니다. 100불 줬으면 그냥 먹고 튀었을 거 아냐? 내가 그렇게 어리버리하게 보였나.

6

퀸스타운에 도착하긴 했는데 정부의 록다운 조치로 인해 대부분의 거래처가 문을 다 닫은 관계로 사람은 오라 해놓고 일거리를 주지 못해 머리가 터져라 고심하시던 우리 사장님. 사실 이때까지만 해도 코로나 사태가 그렇게 커질 것이라고는 저도 사장님도 아무도 예상하지 못했습니다.

예전에 신종플루나 메르스 때처럼 한두어 달 정도 이러다가 잠잠해지겠지 라고 판단하고 조금만 버티면 우리가 계획했던 대로 사업을 추진할 수 있을 거라 생각했었죠. 하지만 우리 모두가 다 겪었다시피 ㅠㅠ 어쨌든 고육지책으로 거래처 중 정상 가동되고 있는 마트 청소의 일부를 기존에 하던 직원과 협의해서 저에게 조금 나눠주기로 했습니다.

그리고 재빨리 저를 직원으로 등록해서 정부의 실업 보조금을 받을 수 있도록 조치해 주셨습니다. 사실은 저는 록다운이 시작되기 전에 퇴직을 한 상태여서 복잡한 사실확인 과정을 거쳐야 정상적으로 실업보조금을 받을 수 있었는데 '유도리'와 편법에 능한 사장님께서 유연하고 신속하게 처리해 주셨습니다. 간신히 설득해 불러왔는데 돌아가버리면 안 되니까 어쨌든 그래서 내일부터 마트 청소를 시작하게 됐는데 그 마트 이름이 바로 뉴월드New World Supermarket, 우리말로 여러분들에게 아주 친숙한 '신천지' 되시겠습니다.

이제부터 이놈의 신천지를 맨날맨날 쓸어버리고 밀어버리겠습니다. 개인적인 감정은 없습니다.

7

이곳 퀸스타운은 작은 마을이긴 하지만 뉴질랜드 최고의 관광지인 만큼 워낙 유동 인구가 많아 거주 비용도 엄청 세고 집 구하기도 무지 힘듭니다. 심지어 뉴질랜드 최대 도시인 오클랜드보다도 집값이 비싼 바람에 주거 문제는 이 작고 아름다운 타운의 큰 골칫거리입니다. 다행히 사장님의 소개로 에어비앤비를 운영하시는 분을 알게 되어 시세보다 아주 저렴한 가격에 방을 하나 얻었습니다.

이분들도 이번 코로나 록다운으로 인해 예약이 다 취소되어 방이 텅텅 비어 있던 참에 누이 좋고 매부 좋게 된 셈이죠. 입주하면서 인사를 드리고 차 한잔 같이 하는데 육십대 초중반쯤 되신 부부 두 분이서 오손도손 민박집을 운영하시는데 참 인상도 좋고 인심도 넉넉한 분들입니다. 그런데 록다운 조치로 인해 일도 제한적으로 하게 되고 외출도 가급적 삼가해야 하기에 아무래도 집에서 보내는 시간이 많을 수 밖에 없어서 이분들도 적적하신지 가끔 식사를 같이 하자고 부르십니다.

생각지 않은 공짜 밥이니 감사하는 마음으로 같이 식사를 하는데 갑자기 주인 아주머니께서 밥먹다 말고 왜 '문재앙'은 중국을 차단하지 않는 겨. 자기네가 잘못한 걸 왜 애꿎은 신천지에다 뒤집어 씌우구 왜 맨날 교회만 가지고 뭐라 그랴. 절에도 사람들 많이 모이드만 여차하면 뉴질랜드 국기랑 태극기를 들고 광화문으로 달려갈 기세입니다. 밥알이 뱃속에서 곤두서고 있습니다.

한밤중에 집 안 어디선가 쿵 쿵 하는 소리와 함께 울음소리 같은 게 들려옵니다. 뭔가 궁금해서 소리가 난 곳을 찾아가 봤더니 주인 부부가 방바닥을 손바닥으로 치면서 통곡을 하고 있네요. 아버지를 계속해서 부르짖고 살려주시옵소서라고

BUSES
TURNING
KEEP CLEAR
AT ALL TIMES

외치고 있길래 누구 아버지가 돌아가셔서 슬퍼하는 줄 알았는데 좀 더 자세히 엿들어보니 기도를 하는 거였습니다. 말로만 듣던 통성기도. 이 두 분이 점점 무서워지기 시작합니다.

어쩌면 좋을까요. 지금은 이사를 할 수도 없는 상황인디, 공짜 점심은 절대 없다는 걸 실감합니다.

8

록다운 조치로 인해 앞서 말씀드린 '신천지 마트' 등을 빼고는 일할 곳이 없어져서 걱정을 많이 했었는데 다행히도 정부에서 이번 사태로 소득이 감소한 사람 모두에게 당분간 생활 보조금으로 그간 받아오던 급여의 80퍼센트를 지급해 주기로 했습니다. 저는 얼마 전에 다니던 직장을 그만두고 이리로 온 경우라 이 보조금을 받기가 아주 애매한 처지가 될 뻔했는데 앞서 말씀드린 대로 사장님이 발빠르게 저를 자기 회사 직원으로 등록해주신 덕분에 큰 문제 없이 보조금을 받을 수 있게 되었죠. 오늘 그 보조금을 받았습니다.

그래봤자 애초 계획과는 많은 차이가 있어 마냥 좋아할 수는 없지만 그래도 나라에서 국민들을 잘 챙겨주고 있다는 느낌이 들어 아주 든든합니다. 그동안 세금 낸 게 하나도 아깝지 않네요.

노조가 도와주고 정부가 도와주고 복지 국가 만세.

9

한 마을이 있다. 관광 수입으로 살아가는 마을이다. 그런데 경제 위기가 닥치면서 관광객들의 발길이 뚝 끊겼다.

그렇게 몇 달이 지나자 모두가 마을의 앞날을 놓고 점점 비관적인 생각을 하게 된다. 드디어 관광객 한 사람이 와서 호텔에 방을 잡는다. 그는 100유로짜리 지폐로 숙박료를 지불한다.

관광객이 객실에 다다르기도 전에 호텔 주인은 지폐를 들고 정육점으로 달려가서 외상값 100유로를 갚는다. 정육점 주인은 즉시 그 지폐를 자기에게 고기를 대주는 농장 주인에게 가져다 준다. 농장 주인은 얼른 술집으로 가서 여주인에게 빚진 해웃값을 지불한다.

술집 여주인은 호텔에 가서 호텔 주인에게 진 빚을 갚는다. 그럼으로써 돈이 마을을 한 바퀴 돌아 첫 번째 사람에게 다시 돌아온다.

그녀가 100유로짜리 지폐를 카운터에 내려 놓는 순간 관광객이 객실에서 내려온다. 방이 마음에 들지 않아서 그냥 나가겠다는 것이다. 그는 지폐를 집어 들고 사라진다. 돈이 돌기는 했으나 번 사람도 없고 쓴 사람도 없다. 그래도 마을에는 이제 빚진 사람이 아무도 없다. 세계 경제의 위기라는 것도 결국 이런 식으로 해결하고 있는 게 아닐까.

_ 다리우스 워즈니악의 스텐드업 코미디 〈기본적인 시사 분석〉 중에서.

일이 이렇게까지 꼬일 줄은 몰랐네요. 코로나로 인한 록다운 사태가 몇 달째 지속되면서 공장은 물론 그 흔한 목장 농장 하나 없이 비행장에 내리는 관광객들만 바라보고 살던 이 천수답 같은 마을이 다시 정상궤도에 오르려면 얼마나 걸릴지 예측이 불가능합니다. 더 비관적으로 앞으로는 더이상 예전 같은 모습은 보기 힘들 거란 의견도 적지 않습니다.

큰 뜻을 품고 이 곳 퀸스타운까지 왔지만 예기치 못한 코로나 사태의 장기화로 인해 플랜A는 물론 플랜B, C, D까지 몽땅오리무중이 되어버렸네요. 그래서 한동안 고민 끝에 사장님과 상의한 후 일단 여기서 철수하고 다시 대기업으로 복직하는 걸로 가닥을 잡았습니다. 록다운 중이라도 버스는 운행을 하고 있으니까요.

호기롭게 시작했던 '김씨남정기'는 일단 여기까지 그때까지도 이 코로나 사태가 이 이후로도 2년간 계속될 줄은 꿈에도 생각하지 못했습니다. 큰 뜻을 품고 계획했던 많은 플랜들을 단 하나도 시도조차 못해보고 아쉬운 마음으로 돌아가면서 그냥 조신하게 버스 운전이나 하고 있을 걸 하는 후회하는 마음이 들기도 하지만 덕분에 남섬 여기저기 관광도 하고 팔자에 없는 정부 보조금도 받아보는 등 나름대로 좋은 경험을 했습니다.

계획했던 대로 모두 다 이루어진다면 그것도 별로 재미 없는 거 아닙니까. 허허허. 어쨌든 아름다운 퀸스타운에서 사상 최대의 유턴을 하고는 다시 북쪽으로.

3부

Go Bus Go Go

일부러 제가 운전하는 버스를 찾아서 애용하는 할매들이
최근 들어 부쩍 그 누님들이 BTS, 즉 'Bus 탄 소녀들'이라는
팬클럽을 조직해서 제 운행 스케줄을 따라
구름처럼 몰려다니고 있습니다.

1

선부른 판단으로 퀸스타운에 갔다가 정부 보조금 받아먹으면서 남섬 유람만 잘 하고는 다시 북섬으로 돌아와 버스 드라이버로 복귀하는 길에 진로를 살짝 바꿨습니다.

원래 온 가족이 함께 오클랜드로 이사를 할 계획이어서 제가 애초에 직장을 구할 때도 오클랜드에 있는 NZ Bus를 선택했었는데, 그 사이 아들놈이 마음이 바뀌어서 전학은 죽어도 싫고 다니고 있는 해밀턴 고등학교를 마저 졸업하고 싶다 하고, 마침 오클랜드 대학을 다니고 있는 딸님도 학교 기숙사에서 지내는 게 여러모로 편하고 좋다고 하니, 이사 계획은 잠정적으로 유보하게 되었습니다.

사정이 이렇게 되다 보니 제가 굳이 복잡한 오클랜드로 돌아갈 이유는 없어졌고 아무래도 운전하기에 대도시보다는 중소도시가 훨씬 널널할 것 같기도 해서 남은 가족들이 살고 있던 테 아와무투Te Awamutu와도 가까운 해밀턴Hamilton이라는 도시의 'Go Bus'라는 대기업에 혹시나 하고 기웃거려봤는데, 오예, 덜컥 합격을 하고 말았습니다. 인재를 한눈에 알아보는 이 회사가 정말 맘에 듭니다.

뉴질랜드에서 두 번째 맞는 대기업 생활. 나라에서 주는 눈물
나게 고마운 혜택도 받았던 바
이젠 더이상 한눈 팔지 않고 지역사회를 위해 열심히
봉사하면서 세금 열심히 내겠습니다.

Go Bus 역시 NZ Bus 못지않은 대기업이라 그런지 인재를
영입하는 과정도 아주 독특합니다. 입사지원서류도 제출하지
않았는데 면접부터 보자고 하더니 면접 본 다음 날부터 바로
출근해 달라고 합니다. 그럼 입사서류는 언제까지 내야 되냐고
물어봤더니 시간 날 때 천천히 준비해서 달랍니다.

어쨌든 어제 첫 출근을 해서 이미 진행 중이던 입사교육 과정에
낑겨 들어갔는데 교육생들의 면면을 살펴보니 버스 운전 경험이
있는 사람은 저밖에 없었고 다들 대형 면허 시험을 대비해 이론
및 실기 교육을 받고 있더군요.

제가 다 알고 있고 할 줄 아는 내용들이라 수업 시간에 주로
맑은 하늘을 쳐다보며 딴생각을 하면서 보내고 교관의 요청에
따라 가끔씩 시범을 보이거나 조교 역할을 하기도 했습니다.
다른 입사동기들이 난생 처음 버스 운전하면서 바들바들 떠는
걸 쳐다보고 있으니 참 재밌네요.

훗 핏덩어리들. 원래 개구리가 되고 나면 올챙이 시절은
새까맣게 까먹는 거죠.

2

오늘은 남태평양의 섬나라 피지Fiji에서 온 선배 드라이버에게
노선 연수를 받았습니다. 처음에는 선배가 운전하는 걸 보면서
한 바퀴 돌고 나서 두 번째는 제가 직접 핸들 잡고 운전을
하는데 해안 구릉지대에 자리잡은 오클랜드에 비하면 해밀턴은
내륙 분지 지역이라 길도 넓고 평평하고 교통량도 훨씬 적어서
운전하기가 누워서 떡먹기, 아니 껌 씹기더군요.

한참을 '스무스하게' 가고 있는데 갑자기 비제이 싱이*
운전 잘 하시는구만. 근디 마누라가 몇 명이유? 뭐 뭐라굽셔?
마누라가 몇 명이냐구? 난 세 명뿐인디. 헐 당근 한 명이지라.
부럽쉬다. 마누라 셋에 애가 일곱이라 멕여 살리기 힘들어
죽갔슈. 그 말 듣고 핸들 놓칠 뻔했습니다.

나중에 알고 봤더니 피지 외에도 사모아 통가 등 대부분의

---

* 비제이 싱Vijay Singh은 피지Fiji 출신의 유명한 프로 골프 선수한때 타이거 우즈Tiger Woods의 라이벌. Singh은 사자라는 뜻.

남태평양 섬나라에서는 일부다처제가 허용되더군요. 뉴질랜드는 원칙적으로 일부일처제이지만 일부다처제가 허용되는 나라에서 이민 온 경우에는 이를 허용합니다. 세상에 저는 하나뿐인 마누라도 버거웠는데 이 양반은 셋이나.

3

처음 보는 동료들이 환영 인사를 건네는데 이름이 브루노라고 하니 참 말들이 많습니다. 한국에도 브루노라는 이름이 있냐. 또 브루노여, 브루노가 왤케 많은겨 당신 말고도 이미 브루노가 두명 이나 더 있다니께. 자네는 브루노 남바쓰리여. 브루노 3세, 코리안 브루노, 브루노 K, 오케이? 일단 잠정적으로 브루노 K로 합의를 보고 나머지 두 브루노를 만나보니 키위 브루노, 이탈리안 브루노 둘 다 인상 좋고 친절합니다.
일도 잘한다고 하고 좋은 이름인가 봅니다.

4

대도시의 대기업 출신답게 남들 6주 이상 받는 입사 연수를 단 일주일 하고도 3일 만에 속성으로 마무리하고는 이번 주부터는

나 홀로 운행에 나섰습니다.

시원한 가을바람 들어오게 창문 활짝 열어놓은 채 운전석 아랫쪽으로는 히터 빵빵하게 틀어놓고 반신욕하는 기분으로 하반신은 따땃하고 상반신은 시원하게 세팅해 놓고는 아직은 운행노선을 완전히 외우진 못해서 미리 만들어둔 컨닝페이퍼를 힐끔힐끔 보면서 운행하는데 쭉 직진하다가 왼쪽의 큰 고목나무를 보고 좌회전하라고 되어 있군요.

나무를 찾으려고 왼쪽을 살펴보니 바람에 흩날리는 가을 낙엽과 울긋불긋 익어가는 단풍이 눈에 들어옵니다. '꼴데'늠 시키들이 이래 갖고 가을에 야구하긋나라는 갑갑한 생각이 들면서 정신이 잠깐 나갔다 들어왔는데, 어엇! 갑자기 눈앞에 낯선 풍광이 나타나며 막다른 길과 함께 NO EXIT 경고가 뜨악!

어 이상하다. 분명히 고목나무가 없었는데 잠시 당황했지만 대도시에서 갈고 닦은 최첨단 유턴 기술을 유감없이 선보이며 아무 일도 없었던 듯 돌아나오자 텅 빈 버스 맨 뒷자리에 혼자 웅크리고 앉아 있던 뚱땡이 마오리 아낙이 '굿 잡! 브로' 하면서 킬킬거립니다.

어쨌든 버스 돌려서 다시 돌아나오면서 다시 좌회전 포인트인 고목나무를 찾았는데 이런! 며칠 전만 해도 쌩쌩하던 고목나무를 어떤 인간이 잘라버렸는지 밑둥만 덩그러니 남아 있네요. 다시 제 길 찾아서 조금 가다 보니 마오리 아낙이 버스 돌리느라 고생했다면서 사탕 한 알을 주고 내리는군요. 어쨌든 이번 유턴은 제 책임이 아닙니다. 랜드마크를 통보도 없이 잘라버리면 어떡하냐구요.

왠지 그 NO EXIT 표지판이 돌파구 없는 꼴데의 미래를 암시하는 듯 '단디 쫌 하자, 문디자석덜.'

5

아침에 외곽에서 고딩 여학생들 잔뜩 태우고 시내로 들어오는데 갑자기 방광에 압박이 몰려오기 시작합니다. 루틴대로 일 시작하기 전에 분명히 비우고 왔는데 아마도 어젯밤 자기 전에 원샷 때린 불곰나라 러시아 맥주가 조화를 부리는 모양입니다. 뭐 조금만 더 가면 환승정거장이니 거기서 해결하면 되겠지라는 안일한 생각은 큰 오산이었습니다.

평소엔 잘 안 막히던 길인데 부슬부슬 비가 내려서 그런지 오늘은 차들이 많아 보입니다. 코너를 돌아 다리를 건너려고 탁 들어서는데 차들이 쭈욱 줄을 서 있습니다. 정신 나간 인간들이 비 오는 날 출근시간에 한쪽 차선을 막아놓고 공사를 하고 있네요.

버스는 움직일 줄을 모르고 내리는 빗줄기와 흘러가는 강물을 바라보니 방광의 압박은 더더욱 커져만 갑니다. 조금씩 싸면서 말려볼까 생각도 잠시 해봤지만 자칫하다간 여학생들로 가득한 버스에서 대형 참극이 일어날 수도 있어 절대 그럴 순 없었죠. 이미 방광은 수증기 방울 하나 들어갈 틈도 없이 가득 차 마치 끝없이 팽창하는 우주처럼 계속해서 늘어나고 있는 중이라 브레이크를 한 번씩 밟을 때마다 엄청난 충격이 단전에 몰려옵니다.

온몸의 기를 요도에 집중하면서 혼신의 힘을 다해 버텨나갔습니다. 머리카락을 쥐어뜯으며 천신만고 끝에 간신히 터미널에 도착해 승객들 내리든 말든 버스 내팽개쳐 버리고 〈유주얼 서스펙트〉의 카이저 소제 걸음으로 화장실로 달려갔는데,

헉, 이럴 수가! 문이 잠겨 있고 '청소 중' 간판이 걸려 있네요. 발길로 문짝을 확 내질러버리고 싶었지만 불필요한 곳에 힘쓰다간 자칫 흘릴 수도 있겠다. 싶어 꾹 참고 눈길을 옆으로

돌려보니 여자 화장실이 열려 있네요. 0.1초도 고민 안 하고 뛰어들어가 깊은 시름을 해결했습니다.

반백 년 넘게 살면서 이렇게 행복한 순간은 처음입니다. 흐뭇한 표정으로 자꾸 올리면서 나오는데 문 앞에서 기다리고 있던 다음 타자 마오리 아지매랑 얼굴이 딱 마주칩니다. 큰 눈을 데굴데굴 굴리며 저를 위아래로 쳐다보는데 얼른 헛기침 한번 하고 버스 플랫폼으로 도망갔지요.

어찌 됐든, 자기와의 싸움에서 이겨낸 보람찬 아침이었습니다.

6

와이카토Waikato 강은 해밀턴을 관통해서 흐르는 뉴질랜드에서 가장 길고 아름다운 강입니다.

해밀턴 시내에는 강의 양변을 따라 예쁜 산책로가 조성되어 있어 운전하느라 뭉친 엉덩이와 다리 근육을 풀기 위해 저도 가끔 쉬는 시간에 와이카토 강변 산책로를 찾아갑니다.

해밀턴에서 가장 큰 대학교의 이름도 와이카토 대학인데 학교

본부 앞에서 출발해서 시내 환승센터까지 가는 노선버스에 거의 매일 저녁시간에 타는 승객이 하나 있습니다. 마치 『시튼 동물기』에 나오는 회색곰 와브처럼 생긴 덩치 큰 학생인데 항상 운전석 바로 옆자리에 앉아서 시내까지 가는 내내 오른쪽 다리를 위아래로 발발발발 떠는 게 특징이죠.

하루는 그 그리즐리Grizzly가 버스에 올라타면서 알아듣지 못할 소리로 으르렁거리더니 바로 창문에다가 머리를 처박고는 곯아떨어집니다. 아마도 기말고사 준비하면서 날밤을 새기라도 한 모양입니다. 그런가 보다 하고 가는데 느낌이 이상해 슬쩍 돌아보니 평소와는 다르게 왼쪽 뒷다리를 맹렬하게 떨고 있네요.

신기해서 백미러로 계속 관찰하면서 가는데 상가 지역을 지나가다가 KFC 앞에 잠시 정차를 하니까 눈은 감은 채로 콧구멍을 벌름벌름거리더니 발을 바꿔서 오른쪽 다리를 이번엔 좌우로 떨고 있네요.

차가 다시 출발하고 치킨 냄새가 사라지니 놀랍게도 다시 동면모드로 전환한 듯 왼쪽 다리를 발발발발 떨기 시작합니다. 그러다가 시내 환승장 근처에 도달하니까 갑자기 눈을 번쩍 뜨더니 두 다리를 가지런히 모으고 함께 떨기 시작하는데 불국사 대웅전 기둥 두 개를 동시에 흔들어대니 그 파워가 장난이 아닙디다.

발전기 연결하면 가로등 몇 개는 밝힐 듯 다리 떠는 사람은 많이 봐왔지만 이렇게 상황에 맞게 역할 분담을 명확히 해서 다리를 떠는 곰은 태어나서 첨 봅니다.

그리즐리 얘기를 하다보니 생각나는 옛날이야기 한 편. 먼 옛날 러시아, 자국에 문자가 없다는 걸 한탄하던 차르는 어느날 신하들 중 제일 똘똘한 불곰을 시켜 조선에 가서 훈민정음을 배워오라 어명을 내립니다.

근데 이 불곰이란 넘이 보드카에 취해 방향을 반대로 잡아 유럽의 어느 나라에 도착하게 됩니다. 어찌어찌해서 선생님을 찾아 사정사정해서 알파벳을 배우게 되긴 했는데 하루 죙일 가르쳐 놔도 저녁때 한잔만 하고 나면 새까맣게 '리셋'이 되는 바람에 이걸 계속 이런 식으로 가르쳤다간 명이 짧아질 것 같다는 생각을 한 선생님이 좋은 아이디어를 하나 내었습니다. 나무를 깎아 알파벳 모형을 만들어 목판 위에 순서대로 정렬해서 놓으니 그 불곰 매우 기뻐하며 목판과 알파벳 조각을 챙겨 들고 러시아로 돌아가게 됩니다.

그런데, 어명을 완수한 기쁨에 희희낙락하면서 차르에게로 뛰어가던 불곰 그만 빙판길에 미끄덩 '자빠링'하면서 그 소중한 나무 알파벳 조각들을 바닥에 깨박치고 맙니다. 아픈 것도 잊고 여기저기 흩어진 알파벳 조각들을 주워모아 가물가물 기억나는 대로 정리하다 보니 어떤 건 순서가 바뀌고 어떤 건 모양이 바뀌고 또 어떤 건 상하좌우가 뒤집히는 등 전문용어로 '미친년 널뛰기하는' 형태가 되어버렸습니다.

이런 가슴 아픈 사연으로 말미암아 오늘날 러시아의 알파벳이 요로코롬 제멋대로 생겨 먹게 되었다는 전설이 있다던가.

7

아시다시피 뉴질랜드는 세계에서도 손꼽히는 청정국가입니다. 우유나 과일 가공업체 몇 개를 빼면 이렇다할 공장도 얼마 없고 인구밀도도 엄청 낮아 어디서든 맑은 공기와 깨끗한 물을 접할 수 있지요.

그런데 이런 맑고 깨끗한 나라에도 가공할 만한 오염원이 있으니 바로 안 씻는 인간들. 진짜 어마어마 어메이징합니다. 인간에게서 소나 돼지 축사 냄새가 납니다. 게다가 비라도 오는 날이면 그 냄새의 강도가 몇 배로 증폭됩니다.

비가 추적추적 내리던 어느날 환승센터에서 손님 태우고 있던 중에 쉰 살쯤 되어보이는 한 아재가 올라타는데 훅 쉰내가 아주 어메이징합니다. 적어도 한 달 정도는 샤워랑 세탁을 안 한 것 같더군요. 이 양반이 하필이면 제 옆에 앉아서 모락모락 쉰내를 피우고 있는데 저쪽에서 상태 안 좋게 생긴 인간이 뛰어와서 버스에 올라타더니 이 버스 어디어디 가냐고 물어봅니다.

얘한테서는 양계장 냄새가 나네요. 순간 거기 안 간다고 거짓말을 할까 말까 고민하는 찰나, 아까 그 쉰내 아재가 아주 친절하게도 이 버스 거기 간다고 자기도 거기서 내린다고 안내를 해주네요.

아이고, 진짜!

냄새나는 두 인간이 제 옆에 나란히 앉아서 담화를 나누는데 양계장이 흥분해서 앞날개를 퍼덕거릴 때마다 아주 그냥 코를 떼어버리고 싶은 심정입니다. 창문 열고 에어컨 틀어도 아무 소용없습니다. 머리를 차창 밖으로 반쯤 내어놓고 한참을 달려서 그 인간 둘이 내리고 나니까 신선한 공기가 버스 안에 깃들면서 저와 모든 승객들이 그동안 참았던 숨을 내쉬며

허파의 평화를 되찾았습니다.

마스크 가지곤 턱도 없고 방독면 파는 데를 좀 알아봐야 할 것 같습니다.

8

오늘 점심시간에 회사에서 바베큐 파티가 있었습니다. 저를 이 회사로 스카우트하는데 많은 공로가 있었던 지사장이 승진해서 본사로 영전하게 된 걸 축하 및 환송하는 행사였지요. 뭐 대충 소시지나 몇 개 구워 먹겠지 하고 별 기대 없이 갔는데 이게 웬걸, 역시 대기업답게 무려 쇠고기 생등심을 좌악 늘어놓고 굽고 있네요.

얼씨구나, 아침 굶고 온 보람이 있네, 엊저녁부터 굶을걸 하면서 흥겹게 '처묵처묵'하고 있는데, 옆자리에 앉아 있는 입사 동기 친구가 빵하고 풀떼기만 뜯어 먹고 있길래 무심코 고기는 왜 손도 안 대냐고 물어보니 태연하게도 왜 양고기는 없는 겨, 이러네요. 이 친구 이름은 라제쉬 카시압이고 이 세상에서 첫 번째로 인구 많은 나라에서 왔죠.

근데 이 친구 아까 빵에다가 버터 발라서 먹던데 쇠고기는 안 되고 '빠다'는 괜찮냐고 물어볼까 하다가 괜히 불난 집 부채질하면 안 되겠다 싶어 조용히 하고 그냥 그 친구 몫까지 제가 다 호로록 먹었습니다.

가만 있어봐, 빵 만들 때 우유도 들어가지 않나?

9

어쩌다 보니 일요일에 붙박이로 일하게 됐는데 일요일엔 길도 한산하고 손님도 별로 없고 더군다나 급여도 평일에 비해 1.5배를 주니 흔한 말로 가재 치고 도랑 잡는 격이죠.

낮시간에는 시내에서 오락가락하느라 시간이 제법 잘 가지만 늦은 오후부터 외곽의 주택가를 순환하는 노선을 할 때는 한 시간짜리 노선을 무려 다섯 바퀴를 돌아야 하는데 아주 지루해서 환장합니다.

한 바퀴 당 손님 1.5명. 물론 사람이 반쪽만 타는 경우는 절대 없습니다. 심심하다고 해서 야구나 영화를 보면서 운전할 순 없고 라디오라도 들으면서 운전하면 좀 나을 텐데 한국과는 달리 뉴질랜드 버스에는 라디오가 설치되어 있지 않습니다.

시내 버스를 운전할 때에는 안전상의 이유로 휴대용 라디오나 스마트폰 등으로 음악을 듣지 못하도록 되어 있습니다. 물론 고참들은 요령껏 이어폰을 끼고 듣기도 하지만 만약에 적발되면 사장님한테 불려가서 혼납니다.

맥주라도 한 잔 하면서 돌면 좋겠는데 일주일마다 한 번씩 면허 취소되면 좀 곤란하고 그래서 생각해낸 게 안주를 미리 먹는 겁니다. 잠깐 쉬는 시간에 버스 종점 옆에 있는 수퍼에 가서 포테이토칩 한 봉지 사다가 운전석 옆에 짱박아놓고 운전하면서 하나씩 집어먹는 거죠.

밀린 맥주는 퇴근하고 집에 가서 해결하는 걸로. 사장님한테는 비밀입니다. 결국 다섯 바퀴 도는 동안 포테이토칩 큰 거 두 봉지 먹고 퇴근길에 맥주 사러 마트에 갔습니다. 마트에 도착하니 문 닫기 7분 전 눈썹을 휘날리며 주차장을 질주하는데 반대 방향에서도 뚱땡이 마오리 아재가 '난닝구' 바람으로 뱃살을 출렁이며 뛰어오네요. 서로 다른 출입문으로 들어갔으나 역시 예상대로 맥주 코너에서 다시 만남.
고수는 말 안 해도 서로를 알아본다고 숨을 헐떡이면서도 눈썹 찡긋 엄지 척 교환하고는 각자 맥주 한 박스씩 들고 계산대를 향해 달려감. 〈첩혈쌍웅〉이 따로 없네요.

10

최근 몇 달 간 확진자가 거의 안 나오는 상황이지만 돌다리도 두들겨 보고 건너라는 정부 방침에 따라 모든 뉴질랜드 대중교통 종사자들은 의무적으로 마스크를 착용하도록 되어 있습니다.

하루 종일 마스크를 쓰고 있으니까 귀가 떨어져나가는 것 같아서 마스크 말고 다른 좋은 대용품을 찾다가 옛날에 친구들하고 내장산에 단풍놀이 갔다가 기념품으로 사온 목폴라를 운행할 때 마스크 대신 쓰고 있습니다.

그때 내장산 단풍 구경하고 내려와서 식당에서 내장탕 시켜놓고 단풍고스톱을 쳤었죠. 열 끗짜리 단풍 네 장 모으면 10점이 나지만 의무적으로 무조건 '고'를 해야 합니다. 바닥에 옆사람 굳은자 깔려 있는 걸 빤히 보면서도 눈물을 흘리며 고를 외쳐야 하는. ㅋㅋㅋ

가끔 보는 마오리 아지매가 정거장에서는 마스크 잘 쓰고 기다리다가 버스에 올라타면서 훌떡 벗더니만 분명히 가방에 넣어뒀는디 암만 찾아두 버스카드가 읎어라. 날더러 우짜라고. 일단 마스크 쓰고 말하시오잉. 그러니까 알았다면서 짜증을 확 내네요.

아니 마스크 벗고 말할 거면 도대체 그건 왜 쓰고 있는 건데 잠시 후 내릴 때 또 마스크를 훌떡 내리더니 크하하 카드 찾았어라. 저짝 주머니에 있었는데 이짝만 찾아보고 ㅋㅋㅋ 좋은 하루 보내셔. 아오 진짜. ㅋㅋㅋ

11

뉴질랜드의 대부분의 학교에서는 계절별로 한 번씩 1년에 네 번의 방학이 있는데 여름방학은 12월 말에서 2월 초까지 약 6주 정도이고 나머지 방학은 2주씩입니다. 자녀들의 방학에 맞춰 부모들이 휴가를 내는 경우도 많아 방학 때는 교통량이 확연히 줄어 버스 기사들의 천국입니다.

제가 태우고 다니던 초딩이들도 오늘 방학을 하게 됐는데 버스 안에서 맨날 말썽 피다 저한테 혼나던 녀석들이 그래도 정 들었다고 내리면서 한마디씩 작별인사를 하네요.

기사님 안녕! 선물은 없지만 메리 크리스마스! 새해 복 마이
받으셈. 만수무강 하시옵소서.

그런데 그중 저한테 제일 많이 혼났던 브라이스라는 아이가
브루노 아저씨를 알게 된 게 올해 일어난 참 기쁜 일 중
하나예요. 그동안 태워주셔서 정말 고마워요. 내년에 또 만나요
하면서 내리는데 가슴이 찡 하네요.

이 조무래기 녀석들, 두 달 후 다시 개학하면 훌쩍 커서 다시
나타나겠죠. 그동안 저는 교통천국을 즐기겠습니다.

방학 중이라 거의 빈 차로 슬슬 돌아다니는데 대학생쯤으로
보이는 여자사람이 올라타더니 버스카드를 훅 들이밀면서.
이 카드 어떻게 쓰는 것인가요? 생김새나 억양을 보니 이
나라 사람은 아닌 것 같고 아마도 남미 쪽에서 온 유학생으로
보입니다.

단말기에 태그하는 거라고 친절하게 시범을 보여주며 안내를
해드렸죠. 이 나라도 우리나라와 마찬가지로 탈 때 한 번 찍고
내릴 때 또 한 번 찍습니다. 탈 때 안 찍으면 버스 안 태워주고
내릴 때 안 찍으면 과징금이 붙죠.

그런데 이 언니야가 내리면서 카드 안 찍고 그냥 쓱 가길래 얼른 불러세우고 카드 태그 하라고 알려줬더니,
아니 왜요? 아까 돈 냈는데.
아니 그게 아니라, 내릴 때 한 번 더 찍으셔야.
왜 두 번이나 돈을 내라는 거예요! 제가 다른 나라에서 왔다고 멕이는 거예욧! 싫어요. 제가 그렇게 어리숙하게 보이나욧! 증말 웃기는 아재 다 봤네.

다다다다 쏴붙이더니 바람과 함께 휙 사라집니다. 뭐래, 내가 뭐하러 널 멕여, 멕이길.

12

뉴질랜드에서는 코로나 시기에 공공장소에서 마스크 쓰는 것을 의무화했으며 혹시 마스크를 미처 준비하지 못한 사람들을 위해 마트나 버스에서 입장 승차 하기 전 입구에서 일회용 마스크를 무상으로 제공했습니다.

엄마 말 무지하게 안 들어먹게 생긴 고딩 하나가 여친으로 보이는 여고생과 함께 버스에 올라타는데 둘 다 마스크를 안 쓰고 있네요. 마스크를 써달라고 정중하게 부탁을 했지만 피식

웃더니 건들거리면서 들어가 자리에 척 앉습니다.

너 오늘 잘못 걸렸다. 이 꼰대가 짜장면 늦게 나오는 건 참아도 싸가지 없는 꼴은 못 본단다. 버스 시동 끄고 마스크 들고 가서 고딩 눈앞에 대고 흔들면서 이거 쓰기 전엔 출발 안 한다. 쓰기 싫으면 내려라. 대한 꼰대의 단호한 태도와 승객들의 레이저 지원사격에 부담을 느꼈는지 고딩은 결국 '삐꾹삐꾹' 대면서도 삐딱하게 마스크를 걸치는 시늉을 합니다.

얼마 후 그 커플이 버스에서 내리는데 여친 앞에서 망신 당한 남자 고딩이 그냥 순순히 내릴 리가 없죠. 마스크를 벗어서 버스 바닥에 확 패대길 치고는 뒷문에 반쯤 매달려서 저에게 '삐꾸기'를 연속으로 날리기 시작합니다.

잘 알아듣지도 못하겠고 별로 듣고 싶지도 않아서 얼른 문을 확 닫아버렸습니다. 삐꾸기 메들리 2절을 읊고 있던 고딩은 제가 문을 확 닫아버리는 바람에 미처 내리지 못하고 문짝에 낑겨서 파닥거리기 시작합니다. 한참을 바둥거리다가 간신히 탈출한 이 녀석은 두 번이나 망신을 당해 약이 바짝 올랐는지 쌍욕을 퍼부으면서 온 힘을 다해 냅다 버스를 걷어차네요. 그래 봐야 니 발만 아프지. 버스는 안 아퍼.

다음 정거장에서 나이 지긋한 신사분이 버스에서 내리면서, 기사양반, 좋은 구경 시켜줘서 고맙수 하면서 하이파이브를 청합니다. 사회적 거리를 유지해야 하지만 '엣지' 있게 손등으로 응해드렸습니다.

13

해밀턴 촌구석에 최신식 버스카드 단말기가 도입된 게 이제 불과 석 달 정도밖에 안 됩니다. 아직 사용법을 잘 모르는 승객들이 꽤 있어 카드를 제 얼굴에 들이대는 사람부터 단말기에 대고 벅벅 문지르는 사람 등등 다양한 행동을 보여주는데 오늘 드디어 끝판왕을 만났습니다.

범상치 않아 보이는 아재가 올라타면서 카드를 휙 꺼내서는 마치 신용카드 결제하듯이 단말기 옆으로 계속 긁으면서 잘 안 된다는 표정으로 끙끙 신음을 합니다. 잘 되면 그게 이상한 거지.

모르면 저한테 물어보면 가르쳐줄 텐데 물어보지도 않고 혼자 묵묵히 탐구하는 자세가 기특해서 아무 말도 안 하고 계속 지켜보고 있는데 단말기를 이리저리 훑어보고 툭툭 쳐보더니만 아래쪽을 한번 쳐다보고는 이짝인가 하면서 카드를 단말기 아래쪽으로 막 쑤셔넣고 있습니다.

상황이 이쯤 되니까 말리고 싶어도 말이 잘 안 나옵니다. 으어어어, 그거 아니라고 그러지 말라고 손을 휘휘 저으니까, 아 반대쪽으로 하라구여? 그러면서 카드를 반대 방향으로 뒤집어서 쑤셔넣는데 그게 어쩌다 센서에 읽혔는지 삐이 하면서 처리가 됐습니다.

츰이라 잘 몰랐시유. 알려줘서 고마워유. 이러면서 들어갑니다. 제대로 다시 알려주고 싶었지만 충격이 넘 커서 몸이 말을 잘 안 듣습니다. 먼산을 잠시 바라보면서 정신을 수습해서 다시 갈 길을 가는데 조금 가다 보니 어떤 젊은이가 버스카드를 손에 들고 흔들면서 차를 세웁니다. 문을 열어주니 올라타지도 않고 카드를 살랑살랑 흔들면서 주차요금 쫌 낼라 그라는디 이 카드에서 2딸라만 끄내주실 수 있나염? 대꾸할 기운이 없어서 그냥 아무 말도 안 하고 문 닫고 출발했습니다.

운전하면서 졸음을 쫓으려고 계속 마셔댄 커피로 인해 부풀 대로 부풀어 오른 방광을 부여잡고 혼신의 힘을 다해 운행하고 있는데 화장실이 있는 종점을 얼마 남겨두지 않은 곳에서 멀쩡하게 차려입은 남자 사람 하나가 올라타더니 얼른 돈

내고 들어가서 앉지 않고 우두커니 문 앞에 서서 한참 동안 호주머니를 뒤적거립니다.

나는 애가 타서 죽겠는데, 지가 지끔 꼴랑 2딸라밖에 없는디유. 근데 이 뻐스카드에 1.5딸라가 남아 있걸랑여. 이거랑 이거랑 반반씩 같이해서 요금낼 수 있지라. 이럽니다.

순간 '빡쳐서' 아니 이게 무슨 빈대떡집에서 양념 반 후라이드 반 주문하는 소리여! 씻나락은 집에 가서 까먹으셔!라고 한방 찰지게 쏴줄려다가 이걸 영어로 번역하기 성가시기도 하고 신성한 공공 서비스 종사자로서의 본분도 있고 해서, 죄송합니다만 그렇게는 곤란합니다. 회사 방침상 어쩔 수 없으니 하차해주시기 바랍니다. 다시 한번 죄송합니다라고 정중하게 요청했습니다.

버스기사들이 임의로 지인 등을 공짜로 태워주는 경우가 빈번하여 절대 무임승차를 시켜주지 말라는 지사장님의 엄중한 지시가 최근에 있었거든요.

아, 그랬더니 이 인간이 내리면서 '뻑쉿'과 함께 가운데 손가락을 올리면서 저와 저희 회사 그리고 해밀턴 교통당국을 한꺼번에 싸잡아 저주하고 있네요. 수중에 3불도 없는 그지새끼한테 모욕을 당하니 어이가 없으면서도 한편으로는 덕분에 한동안 방광의 압박을 잊고 운행할 수 있어서 고맙기도 했습니다.

이제 환승 센터에 도착해서 방광 압박 시원하게 해소하고 나서 마지막 운행을 준비하고 있는데 한 아짐이 버스에 올라타면서 버스카드 단말기에다가 5불짜리 지폐를 막 문대고 있습니다. 기가 막혀서 웃다가 콧물이 흘러나오더군요. 이분을 올해의 개그왕 손님으로 선정합니다.

오늘 같은 날은 한잔 해야 합니다. 좀 '쎈놈'으로다. 오늘 같은 날은 한잔 해야 합니다. 반드시 좀 쎈놈으로다.

14

뉴질랜드의 이민 역사는 다른 나라에 비해 비교적 짧아 2000년대 초반부터 이민 유입이 본격적으로 시작되었습니다. 세계 각국에서 모여든 이민자들 중 단연코 인구 강대국인 중국과 인도 출신들이 가장 많고 지리적으로 가까운 이웃 섬나라 피지 바누아투 사모아 등에서도 온 사람들도 꽤 많아 중국 인도 섬나라 출신들이 전체 이민자들의 90퍼센트가 넘습니다.

정확한 통계는 잘 모르겠습니다만 뉴질랜드 버스 운전 기사 중 절반 정도는 이민자들인 것 같습니다. 그런데 특이하게도 그 중에는 인도 출신들이 유난히 많습니다. 이유는 잘 모르겠지만 중국 출신들은 전체 이민자들 중에 가장 많은 포션을 차지하고 있음에도 불구하고 이쪽 업계 쪽으로는 그만큼 많이 관심을 갖지는 않는 것 같습니다.

어느날 저랑 친한 인도 출신 기사가 좀 있어 보이는 카우보이 모자를 쓰고 출근했길래 예의상 'So Cool'하다고 해줬더니 이넘이 나는 Cool하고 오늘 날씨는 Hot하니 드디어 우주의 평형이 이루어진 건가라며 어줍잖은 드립을 날립니다.

도저히 묵과할 수가 없어 셧업! 니가 쿨한 게 아니고 모자가 쿨한 거라고 받아치고는 뒷덜미에 당수를 날려줬지요. 그런데 가만 생각해보니 카우보이 모자를 쓴 인디언이라니 뭔가 살짝 어색합니다. 이대호 도루하는 것도 아니고. 소고기도 안 먹는 인도 녀석이 카우보이라니.

점심시간에 또 다른 인도 친구가 제 옆 자리에 앉아서 도시락으로 싸온 커리와 난을 먹고 있네요. 인디안 정통

스타일대로 난을 손으로 뜯은 다음 커리를 난으로 싸서 맛있게 먹고 있었습니다.

그걸 본 제가 농담으로, 형제여, 문명인답게 도구를 쓰라구. 그랬더니 난을 어떻게 도구를 써서 먹냐. 이건 원래 이렇게 손으로 뜯어서 먹는 거야. 그러기에, 젓가락을 꺼내서 난을 죽죽 찢은 다음 김으로 밥 싸서 먹듯이 능숙하게 커리를 싸서 멕여주니까 놀라서 뒤로 자빠집니다.

기껏해야 젓가락으로 스시 집어먹는 거나 봤겠지. 이런 고급 기술은 머리에 털 나고 처음 본 거였겠죠. 너 마법사구나! 이거 어떻게 하는 거냐? 나도 좀 갈쳐줘라며 존경스런 눈빛으로 바라봅니다. 반백 년 동안 갈고 닦은 겨. 넌 걍 손으로 먹어.

다년간의 연구 및 관찰 결과 인도사람들이 'ㅓ' 발음을 잘 못한다는 것을 발견했습니다. 이 가설을 확인하기 위해 오늘 점심시간에 옆에 앉은 입사동기 인도 친구한테, Early 해봐. 그랬더니, 에엘리. Turning 해봐. 테에닝. Curry 해봐. 커리. 어라, 이건 제대로 하네. 다시 해봐 어얼리. 에엘리. 터어닝. 테에닝.
오늘 점심 뭐 싸왔어? 커리. 에휴, 밥이나 먹자. 좀 더 심오한 연구가 필요할 것 같습니다.

15

자기는 중국 사람도 아닌 백인이면서 저를 볼 때마다 중국말로 인사하는 인간이 하나 있는데 나는 한국 사람이니 중국말 하지 말아달라고 정중하게 몇 번을 말했지만 아무 소용없습니다.

오늘도 역시 버스에 올라타면서 제가 일부러 외면했는대도 실실 쪼개면서 '니하 니하 시에시에' 이런 식으로 비열하게 인종차별을 하는 인간 같지 않은 것들이 가끔 있습니다.

어쨌든 인사를 하길래 저도 돌아보면서 두 눈 부릅뜨고 씩씩하게 인사드렸습니다. 식사하셨습니까. 물론 중국말로, 쓰판러마. C8Roma.

평소엔 말없이 눈인사만 주고받던 단골 중국 할배 손님이 오늘은 버스를 내리면서, 합브 누 잉예, 합브 누 잉예 이러면서 손을 수줍게 흔듭니다. 머래는 겨. 울리 살람 쭝국말 몰른다해. 빠이빠이 짜이젠. 이러고 손 흔들어 주고 웃으면서 헤어졌는데 한참을 가다가 무릎을 탁 쳤습니다. 아, 내일이 설날이지. 이 영감 나한테 새해인사 한 거구낭.

합브 누 잉예. Happy New Year.

영어라고는 하로Hello 하고 생큐Thank you밖에 모르던 할배가 맘 단단히 먹고 영어 공부 시작한 모냥입니다.

여러분도 새해 복 많이 받으세요. 합브 누 잉예.

16

뉴질랜드는 남반구에 있는 나라라서 한국과는 계절이 정반대입니다. 한국이 겨울이면 여기는 여름인 거죠. 그리고 한국이 여름이 습하고 겨울이 건조한 것과도 반대로 이곳은 여름이 건조하고 겨울에 비가 많이 옵니다. 또 한국과는 달리 사계절의 차이가 그리 뚜렷하진 않지만 그래도 뉴질랜드의 여름이 특별히 좋은 점 두 가지가 있습니다.

크리스마스부터 1월 초까지가 가장 더운 한여름인데 이 기간이 우리나라의 7월 말 8월 초처럼 휴가가 집중되는 시기입니다. 그러다 보니 버스 승객은 그리 많지 안고 길거리에 차도 별로 없어 일하기에 아주 좋은 환경이고 게다가 이 나라 사람들의 자유분방한 복장이 비로소 여름에 꽃을 피우게 됩니다. 길거리에서 탱크톱에 핫팬츠만 입고 다니는 자비로운 여성들을 쉽게 볼 수 있습니다.

햇볕과 더위에 지쳐 꾸벅꾸벅 졸면서 내가 버스를 운전하는지 버스가 나를 운전하는지 이게 꿈인지 생신지 가물가물하고 있는데, 탱크톱에 핫팬츠를 입었지만 굉장히 무섭게 생긴 언니야가 버스에 훌쩍 올라타면서 갑자기 브라에 손을 훅 집어넣더니 동전 3개를 꺼내 제 손바닥에 떨궈줍니다.

어, 이거 머야. 뜨끄미지근 촉촉. 손바닥에서 묘한 반응이 올라옵니다. 안 그래도 더워서 짜증 지대론데 이걸 원래 있던 곳으로 다시 돌려보내야 하나 잠시 고민했지만 공공서비스를 수행하는 본분을 잊지 않고 친절하게 티켓 발행 해주었습니다. 이 여인 성큼성큼 들어가서 자리에 털썩 앉더니 이번엔 반대쪽 가슴에서 폰을 쓱 꺼내더군요.

참으로 알찬 수납공간입니다. 그 안에 뭐가 더 있을까 궁금하긴 했지만 물어보진 않았습니다. 사실 공공장소에서의 레깅스 착용은 굉장히 위험하기 때문에 엄격히 법으로 금지해야 합니다. 길거리에서 레깅스에 탱크톱 차림으로 포니테일 찰랑거리며 뛰어다니는 너무나도 착한 언니야들을 하염없이 바라보다가 중앙선 넘어로 돌진할 뻔.

허거걱, 번쩍 정신차리고 똑바로 가야지 하다가 이번에는 좌회전 놓치고 직진하는 바람에 진짜 오랜만에 유턴 실적

올립니다.

핑계 없는 유턴 없다. 유턴의 제1법칙 되겠습니다.

17

아침 출근시간이 지나고 나면 길거리도 한적하고 손님도 별로 없습니다. 근처 커피숍으로 마실 가시는 할매들이 그 시간대의 주요 승객들입니다. 버스에 오르면서 경로우대 카드를 보여주는 할매에게 누님 그거 본인 카드 맞어유? 그거 쓰실 나이 될라믄 아직 하안참 남은 거 같은디 하면서 눈썹 두 번 튕겨주면 열 명 중 여덟아홉 명은 그 자리에 주저앉지요.

운전 잘하고 잘 생겼고 매너 좋고 개그감 뛰어난 버스기사라는 소문이 할매들 사이에 봉홧불처럼 입소문이 나면서 일부러 제가 운전하는 버스를 찾아서 애용하는 할매들이 최근 들어 부쩍 늘었습니다.
그 누님들이 BTS, 즉 'Bus 탄 소녀들'이라는 팬클럽을 조직해서 제 운행 스케줄을 따라 구름처럼 몰려다니고 있습니다. 그 BTS 초대회장을 맡고 계시는 누님이 매주 화요일마다 계모임 가실 때 항상 제 버스를 타고 가시는데 계주가 돈 들고 튀었는지

EMERGENCY EXIT
EMERGENCY EXIT
AT
Te Roopū Manutaki
RT1368

건강이 안좋아지셨는지 어제까지 3주 연속 안보여서 살짝
걱정입니다.

출근시간 끝나고 손님도 없고 길거리도 한산하길래 오늘 저녁엔
뭐에다가 한잔 하나 생각하면서 룰루랄라 운행하고 있던 중 저
앞 정거장에 바로 그 BTS 초대회장 누님이 손을 흔들고 있길래
반갑게 버스를 갖다 댔는데 하이루! 방가방가 브루노 오빵, 근데
짐 어디가는 겨? 오빠 뻐스는 월래 일루 오는 거 아니잖여?
뭡머 이게 머래? 한참 뒤에서 우회전했어야 하는데, 딴생각
하다가 한없이 직진하고 있는.

누님 고마워유. 지금은 쪼매 바뿡께. 싸인은 담에 두 장
해줄께유 하고는 얼른 차 돌려서 갈 길 찾아 갔습니다. 회장
누님이 별 일 없는걸 확인한 것까진 좋았지만 회원들 간에 이런
게 소문나면 좀 곤란한데. 유턴은 정녕 나의 운명인 걸까요.

18

아침에 새소리가 넘 시끄러워 '이노무 도리탕 식재료들' 하면서
눈을 번쩍 뜨니, '허거거거걱' 동창이 훤합니다. 그 새들은 정녕
노고지리였나 봅니다.

휴가 때 꺼놓은 알람 안 켜놓고 세상 모르고 자버린 거죠.
부랴부랴 팬티 바람으로 날라가면서 회사에 여차저차해서
좀 늦는다고 연락했더니 고맙게도 걱정 말고 천천히 오라고
하네요. 원래 출근 시간 보다 조금 늦게 회사에 도착하니
첫 번째 트립은 다른 드라이버가 대신해주고 있으니까 회사
승용차로 환승센터에 가서 기다리다가 버스 인계받아서
두 번째 트립부터 시작하랍니다.

환승센터에서 버스 기다리면서 마음을 진정시키고 나서 가만
생각해보니, 오 이거 괜찮네! 바로 저의 그 첫 번째 트립이
학생들도 엄청 많이 타서 시끄럽고 꼴에 출근길이라고 제법
길이 막히는 코스입니다. 요걸 제낄 수 있는 절묘한 방법을
터득했네요.
지각을 적절히 활용해서 업무상 스트레스를 피해 가는 대기업
생활의 지혜라고 할까요.
끝이 없이 돌아가는 잔머리겠죠.

19

환승센터에서 출발시간 기다리고 있는데 제 옆 플랫폼으로
들어온 버스의 드라이버가 승객 한 명을 버스 안에 그냥 놔둔

채로 문 닫고 씩씩거리면서 휴게실 쪽으로 걸어가길래, 어이 버스에 사람 있어! 기냥 내비둬!

30대 인도계 여성으로 보이는 승객인데 아마도 종점에 다 왔는데도 그 승객이 빨리 안 내리고 꾸물거리니까 기사 양반 많이 열받은 모양입니다. ㅋㅋㅋ

인종에 대한 편견을 가지면 안 되겠지만 유난히 그쪽 동네 여성들이 버스 안에서 전화 통화도 많이 하고 타고 내릴 때 시간이 많이 걸린는 건 사실입니다. 전화로 무슨 할 얘기가 그리 많은지 모르겠지만 한 가지 신기한 건 버스 승차할 때 통화 버튼 누르고는 내리기 5초 전에 정확하게 끊습니다. 참 신기하죠? 100퍼센트 인도 여성들에게서만 볼 수 있는 현상입니다.

옛날에 제가 친구하고 통화할 때는, 따르릉. 여보세요. 나와. 알았어. 뚜~~ 대략 2.5초 걸립니다만 전화 건 녀석은 그다음 친구한테도 전화해야 하기 때문에 '글루 나와'까지만 대사 치고 대답도 안 듣고 바로 끊어버리니까 약 1.8초가량 소요됩니다.

만날 장소는 항상 정해져 있고 (연대앞 독수리 다방 건물 3층 당구장) 외출 준비에 절대로 30초 이상을 쓰지 않기 때문에 오차

범위 5분 이내로 4명 집결 완료. 먼저 나온 녀석들은 몸풀고 있다가 성원이 되면 바로 술내기 당구 한 게임. 그 시절이 그립습니다.

어쨌든 못 내리고 어쩔 줄 모르고 있는 걸 그냥 놔두고 갈 순 없어서 내려가서 문을 열어줬습니다. 그랬더니 그 여자인간 고맙다는 말은커녕 버스카드 태그오프를 못했으니 어떻게 좀 해보라고 저한테 막 짜증을 내는 겁니다.

어쩌라구! 이런 게 바로 물에 빠진 여자 건져줬더니 핸드백 내놓으라는 거 맞죠. 도로 문닫고 가둬버릴걸 그랬나.

20

종점에서 다음 운행 대기하고 있는데 보행기를 짚은 할아버지가 오시더니, ○○○가는 길인데
이 버스 그리루 가는 거 맞지라? 아 예, 가긴 가는데 제 버스는 빙 돌아가서 한참 걸려유. 다음에 오는 버스 타시면 바로 그리루 가니께 그거 타고 가셔유. 잉 그러니께. 이거 타고 가믄 된다규?

이 할배 목소리는 쩌렁쩌렁한데 귀는 많이 어두운 모양입니다.

일곱 번 정도 반복해서 설명해 드리니 그제사 알아듣고는, 잉 그러니께 담에 오는 버스 타란 말이지. 진작에 그리키 얘기허지 않구선.

또 무슨 말을 하시려는 낌새가 보여서 얼른 바쁜 척하고 돌아서서 버스에 올라타니까 이 할배 보행기를 끌고 벤치로 슬금슬금 가서는 앉아서 게임하고 있던 초딩이 옆에 앉더니만 뭔가 얘기를 시작하십니다. 워낙 목소리가 커서 버스 안에서도 선명하게 들립니다.

내가 말이여, 옛날에 독일 가서 나찌늠들허구 싸울 때말여. 오무려 2차대전 참전용사입니다.
꼬맹이는 게임하고 있다가 날벼락 맞고는 체념한 듯 비장한 표정으로 예예 하면서 할배의 올드타임 액션활극 스토리를 듣고 앉아 있네요.

둘이 같은 버스 타고 갈 텐데. ㅋㅋㅋ

21

지난 주말부터 2주간 부활절 방학입니다. 방학중에는 교통량이 평소의 절반도 안 됩니다. 아침에 빈차로 룰루랄라 돌아다니고 있는데 텅 빈 학교 앞에서 얼빵하게 생긴 고딩이 하나가 교복을 좌악 빼입고 올라탑니다. 방학인 줄도 모르고 학교에 나왔다가 집으로 돌아가는 거죠. 이런 애들 가끔 있습니다.

어이, 학교 일찍 왔네.
2주일 일찍 나왔지라. 나 거튼 늠은 죽어야 되유.

구슬픈 표정이 넘 애처로워 버스요금 내지 말고 가서 앉으라고 했습니다. 너무 고마워서 목이 메었는지 고맙다는 인사도 못하더군요.

22

이번 주부터 본격적으로 바뀐 로스터로 일하고 있습니다.
일하는 시간대도 오후반으로 바뀌었지만 운행노선도 그동안 해밀턴 동북쪽 지역을 주로 하다가 이번엔 주로 서남쪽 지역의 한 번도 안 해본 노선을 할당 받았죠.
모양 빠지게 길을 잃고 헤메는 걸 방지하기 위해 '컨닝페이퍼'를 만들어서 가끔씩 들여다보면서 운행을 하는데 한적한 오후 시간 운행 중 사거리에서 주춤주춤 머뭇거리면서 컨닝페이퍼를 뒤적거리고 있으니까 몇 정거장 전에서 보행기를 짚고 올라타셨던 할매가 제 바로 옆에 앉아 계시다가, 얼레 기사양반 초짠가벼? ㅋㅋㅋ 여서 우회전했다가 담 사거리에서 좌회전 하믄 되지라 하고 친절하게 알려주십니다.

그러고는 부동자세로 앉아서 제가 똑바로 가는지 한참을 지켜보다가 종점에 거의 다 와서 내리시면서, 기사양반 고생 많았수. 나 원래 아까 전에 내렸어야 하는데 오빠 길 잃을까봐 여기까지 온 겨. ㅋㅋㅋ

농담이겠지만 고마버유 누님. 좋은 하루 되시유. 인사드리면서 눈썹을 두어 번 튕겨드렸더니만
그제야 제 명찰을 힐끗 보시고는, 아, 그 유명한 브루노 오빠구만유. 소리 없이 강하게 유턴하신다는. 눈썹 두 번. ㅋㅋㅋ 북쪽 동네 사는 친구헌티 얘기 많이 들었지라. 오늘 반가웠시유,
낼 또 봐유. 이러시면서 힘차게 보행기를 짚고 내리십니다.

이렇게 해서 BTS 해밀턴 남부지부 지부장님을 처음으로 만나게 되었습니다. 그리고 얼마 후 시내에서 다시 만난 BTS 남부지부장님, 무슨 일인지 표정이 별로 안 좋아 보이네요. 누님 으짠 일로 여기꺼정 다 오시고. 별일 없지라? 브루노 오빠,

오늘 아침에 보행기 끌고 다니는 할배 못봤수? 못 봤는디, 먼 일이래유? 아놔, 옆집 사는 그 할배랑 버스 같이 타고 나왔는디, 아 그 영감쟁이가 내릴 때 내 보행기를 끌고 가부렀나벼. 난 몰랐지. 내릴 때 봉께. 내것은 없구 이것만 있더라구. ㅋㅋㅋ 으짠디야!

비슷하게 생겨서 헷갈렸나봐유. ㅋㅋㅋ 아, 거기에 내 지갑이랑 폰이랑 다 있어서 지금 암것두 못하구. 그 인간 찾을라구 이리저리 돌아댕긴대니께. ㅋㅋㅋ 아이구, 힘드시겄슈. 안 그려도 배고파서 인자 집에 갈라카는디. 집 열쇠도 거기에 있다는 거 아녀. 그 인간 집 앞에서 기다려야 쓰겄네. 이노무 영감쟁이, 잡히기만 혀봐라. 아주 기냥 호미걸이로 확 자빠뜨려불랑게.

23

이 나라 사람들은 한번 정해진 루틴 깨지면 큰일나는 줄 압니다. 식당에 가서도 자기가 늘 먹던 음식만 주문하는 경우가 많습니다. 오늘은 토요일, 매주 토요일마다 친구들하고 가볍게 한잔하고 집에 가는 길에 제 버스를 타시는 할배가 오늘도 어김없이 올라타시네요.

할배가 집 앞에 다 와서 내리면서, 기사양반, 운전을 겁나 젠틀허게 하요잉. 고맙소. 그란디 이름이 어뜨케 되우? 아, 영감님. 지난주에도 물어보셨잖아유? 브 루 노. 아, 맞다. 그 회사에 쓰리 브루노 앤 쓰리 김씨 중에 온니 원 브루노김이라 그랬지라. 죽으면 늙어야 혀 ㅋㅋㅋ 미안허이.

원 벨 말씀을요. 그나저나 밤 늦게까정 빠스운전 할라모 솔찬히 대근하것소. 이거라도 좀 드시구랴 하시면서 주머니에서 쬬꼴렛을 하나 꺼내 주시고는 총총히 집으로 가시네요. 그동안 버스 운전하면서 할매들이나 아짐들한테는 과일이나 과자 같은 거 많이 받아봤지만 할배한테 대시 받아본 건 첨입니다.

24

뉴질랜드에서는 모든 술은 원칙적으로 주류 판매점Liquir Shop에서만 판매하도록 되어 있습니다만 와인이나 맥주 등 저알콜 주류는 대형마트에서도 구입할 수 있으며 가격도 리커숍보다는 저렴합니다.

오늘은 단골 리커숍에 소주를 사러 갔습니다. 매장입구에서 다리 떨고 있던 점원이 절 보곤, 행님 오셨어라. 근디 지금 록다운 중이라 매장엔 못 들어오시고 온라인이나 전화로 거시기 주문 허셔야 허는디. 쩌그 전번 있응게. 가게로 전화해서 주문하셔잉.

머래는 겨. 폰 안 갖구 왔는데 우야노. 그냥 가까. 앗따. 행님도 참. 그러더니 전화기를 들고는 전화 받는 시늉을 하면서 가기는 어델 가신다꼬 그라요. ㅋㅋㅋ CCTV 땀시 일케라두 혀야. ㅋㅋㅋ

머 드릴까요. 그러자, 저도 모르게 저도 제 손을 귀에다. 갖다 대고는 어, 늘 먹던 걸루다 두 병. ㅋㅋㅋ 오케이. 참이슬 빨간뚜껑 두 병. 20불 되겠심다잉.

카드로 계산하고 나니까 냉장고에서 두 병을 꺼내들고는 쫄래쫄래 문앞으로 오더니 행님 두 발짝만 뒤로 물러서셔. 거리두기 ㅋㅋㅋ 문 앞에다 술을 쓱 내려놓고는 마이클 잭슨 문워크로 뒷걸음 쳐서 쏙 들어가면서, 앗따. 행님. 이게 머하는 시츄에이션이라요잉. 참말로 웃겨 디져부요잉. 맛나게 드셩 행님. ㅋㅋㅋ

원칙에 충실하고 유도리에 능한 이 청년은 앞으로 크게 성공할 겁니다.

25

전에 데낄라를 한 병 사러 갔는데 같은 브랜드 500ml짜리 하고 700ml짜리가 똑같은 가격이 매겨져 있는 겁니다. 아무리 살펴봐도 같은 술이라 당연히 700짜리를 집어 들고 계산대로 가는데 제 앞에 서 있던 청년이 500짜리를 들고 있길래 같은 가격인데 큰 걸 사는 게 낫지 않냐고 친절하게 오지랖을 떨었더니 자기는 오늘 요만큼만 마실 꺼니까 큰 거는 필요 없다고 하더군요. 충격이 매우 컸지만, 나름대로 논리가 있어서 이해가 아주 안 가는 건 아니었는데.

한번은 또 맥주를 사러 갔는데 12병들이 한 박스에 22불. 똑같은 맥주 15병들이 한 박스에 21불. 가격표를 잘못 봤나 싶어 몇 번을 확인했지만 제대로 본 게 맞습니다. 냉큼 15병짜리 들고 계산대로 가는데 이번에도 설마 했지만 역시나 12병짜리를 들고 가는 친구를 발견, 이보게 젊은이, 15병짜리가 더 싸다네. 역시 친절하게 오지랖을 날렸건만 이게 빡스에 손잡이가 달려서 들고 댕기기 좋걸랑요. 그리구 15병짜리는 넘 무겁거등요. 이럽디다. 다시는 이 인간들에게 아무 말도 안 하리라고 굳은 다짐을 했습니다.

나중에 알고 보니 늘 이런 가격이 아니고 재고 상황 등에 따라

이렇게 특별 세일 가격을 적용하는 경우가 왕왕 있더군요. 매일 사는 물건을 살 때에도 항상 가격 확인을 해야 하지만 이곳 사람들은 그런 거에 크게 연연하지 않습니다.

노점에서 맛있어 보이는 딸기를 파는데 한 바구니에 12불, 세 바구니에 20불. 한 개만 살까 세 개를 살까 잠시 고민하고 있는데 옆에 서 있던 중년부부, 달링달링. 세 개는 너무 많지? 두 개만 사자. 맞아, 하니하니. 괜히 욕심부렸다가 다 못 먹고 버리면 아깝잖아. 아주머니 두 바구니만 주세요.

허걱, 설마 했는데 정말 두 바구니만 들고 24불 내고 갑디다. 아무 말도 안 하기로 했기에 조용히 혼잣말만 했습니다.

세 바구니 20불에 사서 한 바구니는 나한테 버리지 않구선.

오늘 마당에서 물 뿌리고 세차할 때 쓰려고 노즐이랑 연결 밸브 등을 사러 갔는데 노즐이나 밸브를 낱개로 사면 하나에 3.99불씩, 한 세트 묶음으로 포장되어 있는 걸 사면 네 개에 3.89불. 아무 말 안 하고 나오려다가 너무 궁금해서 계산대 점원에게 이게 도대체 어찌 된 거냐고 물어봤더니 눈을 네모나게 뜨고는 자기한테 그렇게 어려운 거 물어보지 말라고 하네요.

10년 가까이 뉴질랜드에 살아왔지만 아직도 이 나라 사람들의 셈법을 이해하지 못하겠습니다.

26

운행 중 갑자기 무전기에서 들려오는 다급한 목소리. 메이데이 메이데이. 여기는 환승센터 환승센터. 5023번 버스에 교대하러 왔는데 버스 열쇠가 없다. 5023번 버스 열쇠가 없다, 오우버.

어느 얼빠진 기사가 교대를 하면서 버스 열쇠를 뽑아가버린 모양입니다. 여기저기서 무전기로 제보가 쏟아집니다. 그 버스 아침에 존슨이 운전하던디, 오우버. 맞어. 나두 봤어라, 오우버. 로버트 존슨, 지끔 퇴근해서 집에 가고 있을 것인디, 오우버. 주차장, 주차장을 봉쇄하라, 오우버.

이러는 사이 환승센터에선 묶여 있는 버스 한 대 때문에 들어오는 차 나가는 차 동선이 꼬여버려 오도 가도 못하고 그야말로 생난리가 났습니다. 관제탑에서 상황을 정리합니다. 누구든지 로버트 존슨을 발견하는 사람은 즉시 체포하기 바란다. 체포에 불응하면 사살해도 좋다. 반복한다. 사살해도 좋다, 오우버.

자신이 무슨 짓을 저질렀는지도 모르는 채 집에 가려고
룰루랄라 주차장으로 향하던 존슨은
잠복하고 있던 특수요원들에게 체포되어 범행 일체를 자백하고
열쇠를 반납했습니다.

잠시 후 해밀턴 버스환승센터에는 다시 평화가 찾아왔습니다.

27

뉴질랜드가 선진국이고 복지수준이 아주 높은 나라이지만
길거리에 노숙자도 좀 있고 걸인들도 가끔 보입니다. 나라에서
여러 가지 명목으로 수당을 주는데도 왜 그렇게 사는지는 잘
이해는 안 갑니다.

해밀턴 시에서는 일반 저소득층이나 무직자 노숙자들에게
무료로 버스를 이용할 수 있는 카드를 지급해주기 때문에
일반인들이 다들 일터에 있을 시간대에는 그런 승객들을 자주
볼 수 있습니다.

환승센터에서 출발시간 기다리고 있는데 떡진 머리에
누더기 보따리를 둘러멘 상태가 매우 안 좋아 보이는 아재가

아이스크림을 핥아먹으면서 버스에 올라타려 하길래,
그 인간이 엊그제 버스 안에서 주스병을 깨뜨려서 온통
난장판을 만들어놨던 바로 그 인간이라 한마디 제대로 쏴줄까
하다가 공공복지서비스를 수행하는 입장임을 다시 한번
상기하고는,

실례합니다. 손님 아이스크림은 버스 안에서 드실 수 없습니다.
드신 후에 승차하시기 바랍니다요,라고 정중히 요청했건만 이
인간 말도 안 되는 말을 하면서 해밀턴 교통당국과 Go Bus를
저주하더니 아이스크림을 핥으며 어디론가 사라집니다. 들고
있던 누더기 보따리를 버스 앞에 내려 놓은 채로.

한편, 아까부터 산발 머리에 풀린 동공으로 노래를 부르면서
흐느적 흐느적 플랫폼 이쪽 끝에서 저쪽 끝까지 '왔다리 갔다리'
하고 있던 역시나 상태가 매우 안 좋아 보이는 아낙이 제 버스
앞에 와서는 그 누더기 보따리를 발견하고 발로 두어 번 툭툭
차보고 안에 뭐가 있나 뒤적뒤적 살펴보다가 다시 노래를
부르면서 흐느적 흐느적 저쪽으로 가는 것 같더니 잠시 후 다시
돌아와서는 마치 자기 것인양 그 보따리를 챙겨 들고는 또
노래를 부르면서 흐느적흐느적 걸어갑니다.

다음에 이어질 스토리가 궁금해 죽겠지만 버스 출발시간이

되서 아쉽게도 그 현장을 떠나야 했습니다. 뉴질랜드에선 가끔 이렇게 기인열전이 벌어집니다.

28

운행 중 갑자기 버스 번호 및 행선지를 표시하는 전광판이 먹통이 되어버립니다. 관제탑에 SOS를 쳤지만 지금 버스를 교체해 줄 상황이 안되니 대충 알아서 해결하랍니다. 오후 시간에는 한산하니까 그나마 대충 넘어갔는데 문제는 퇴근시간.

머피의 법칙이던가. 원래 이런 일이 생기면 평소보다 많은 손님이 몰려들죠. 환승센터에 정차를 하니 마치 기다렸다는 듯 이 버스 몇 번이예요? 어디로 가요? 왜 Destination Sign이 먹통인 거죠? 아수라장입니다.
어쩔 수 없이 마스크를 벗고 두 손을 모아 13번 버스 와이카토 대학교 갑니다아. 13번 버스 대학교 갑니다아아아. 대여섯 번을 목아 터져라 외쳤는데도 불구하고 타는 손님들마다 코 앞에서 제가 소리지르는거 다 들었으면서, 이거 13번 맞쥬? 대학교 가나유? 한 명도 빠짐없이 확인하고 타네요.

일일이 대답하자니 짜증도 나고 슬슬 감마선 수치가 올라가길래 다시 한번 두 손을 모아 더 이상 물어보지 마셔유. 이거 13번 버스 와이카토 대학교 갑니다아아악. 이러면서 두세 번 더 외쳤는데 또 바로 코앞에 있던 멀쩡해 보이는 여인이 이거 13번 버스 맞나염? 우엌, 바로 그 옆에 서 있던 더 멀쩡해 보이는 사내 한술 더 떠서 이거 4번 버스 맞쥬? 우어엌. 눈동자는 어느새 초록색으로 변해버리고 이 인간들을 문짝 틈에 낑겨버리려고 했으나 타이밍을 놓쳐서 실패하고 말았습니다.

왜 아무도 내 말을 안 듣는 거여,라고 저도 모르게 소리를 질렀는데 마지막에 올라탄 단골 아재, 기사양반 전광판 고장난 거 같어. 하악하악. 네, 알려주셔서 감사합니다. 퇴근길에 카운터 직원에게 하루종일 소리 지르느라 목이 너무 아퍼서 내일 일 못하겠다고 했더니, 픽 웃으면서 내일 푹 쉬라고 하네요.

29

복지국가 뉴질랜드의 대기업 Go Bus에서는 코로나에 취약할 수 있는 고령자나 기저질환이 있는 직원들에게 코로나 특별휴가를 내주었습니다. 아쉽게도 저는 너무 젊고 튼튼해서 그 휴가 대상에 해당이 안 되고 되려 그 인간들 업무 대체하느라 쉬는 날 제대로 쉬지도 못하고 있었죠. 그런데 오늘 아침에 보니까 그 휴가자들이 대거 복귀했더군요. 어찌나 반갑던지 마치 타노스의 핑거스냅으로 사라졌던 사람들이 다시 살아 돌아온 느낌입니다.

자외선과 꽃가루와 바이러스를 차단하기 위해 모자 쓰고
선글라스 끼고 소도둑이 쓰는 것 같은 큰 마스크 쓰고
출근하면서 이러고 있으면 아무도 못 알아볼 꺼야. 나쁜 짓
해야징. 이러면서 사무실로 들어서는데, 하이 브루노! 굼머닝
브루노! 방가방가 돼지돼지!

얼레리, 이게 어찌된 겨. 다 알아보잖어. 수퍼맨은 뿔테안경
하나만 걸치면 여친도 못 알아보던데. 카운터에 앉아 있는
직원한테 어떻게 난 줄 알았냐고 물어보니까 말없이 답답하다는
표정을 지으며 턱으로 제 좌심방 쪽을 가리키네요.

내려다보니, 명찰. 브루노. 한 근에 600그람.

30

몇 달 전에 '땜빵'해넣은 어금니가 살짝 불편했었는데 어어
하다가 록다운에 걸리는 바람에 치과에 못 가고 끙끙대고

있다가 어제 어렵게 통화가 되긴 했는데 밀린 예약이 꽉 차 있었습니다. 내일은 안 된다고 해서 다음주 목요일로 예약을 잡았는데 전화 받는 접수처 할매가 다시 한 번 강조하면서, 내일 아니고 다음주 목요일이어라. 내일 오심 안 되유? 호호호. See you tomorrow. 이러고 전화 끊고는 친절하게 확인 문자까지 보내줍니다.

잠시 후, 한참 운행중에 삐리리 전화가 울립니다. 치과에서 왔네요. 운행 중엔 받을 수가 없고.

뭔 일인가 싶어 종점에 도착하자마자 부리나케 전화했더니 아까 그 할매, 브루노 슨상님. 담주 목요일에 예약허셨지라? 네, 그란디유. 낼 목요일이 아니구, 담주 목요일이여라. 네, 그람유. 문자까정 보내셨잖유.

> 호호호. 지가 아까 전화 끊으믄서 습관적으로다가 씨유 투마로 헌 것이 맴에 걸려서유. 호호호.

까르륵, 숨넘어갈 뻔했습니다.

31

비오는 일요일, 버스 안 풍경. BTS 남부지부장인 백인 할매와 머리 안 감아서 뭉친 중국인 아재가 최대 볼륨으로 수다를 떨고 있고 장바구니 들고 올라탄 마오리 아짐은 흥얼흥얼 자기네 민요를 부르고 있고 예쁘게 차려 입은 인도 언니야는 누군가와 열심히 통화를 하고 있고 북유럽 어딘가에서 만들어진 고물 버스를 한국에서 온 돼지가 운전하고 있습니다.

비오는 날의 수채화도 아니고 한 마오리 아짐이 기타를 둘러메고 버스에 올라타면서 분유 깡통에서 잔돈을 꺼내 버스요금을 내길래 그게 뭐하는 통이냐고 뭐냐고 물어봤더니, 요앞 쇼핑몰 앞에서 노래 불러 모은 돈이지라. 아이구 그래 얼마나 모았슈? 오늘은 280불뿐이 안 되는구먼. 어즈껜 쩌그 백화점 앞에서 반나절 동안 450불 땡겼는디. 어, 나보다 난데.

내일 이력서 준비해서 찾아뵈려 합니다. 혹시 매니저나 백댄서 안 필요하신가 해서.

32

매년 해밀턴남자고등학교의 졸업식 날에는 인근
해밀턴여자고등학교를 대표하는 얼짱 여학생들이 홀딱 벌거벗고
모터바이크를 타고 와서는 교정을 한 바퀴 돌면서 졸업을
축하해주는 가슴 뭉클한 전통이 전해져 오고 있습니다.

몇 년 전 어떤 얼빠진 남자고딩이가 그걸 조금이라도 가까이서
쳐다보겠다고 깝죽거리다가 갑자기 중심을 잃고 미끄러지는
바이크에 치어서 그만 다리가 부러지는 사고가 있기도 했었죠.

아들놈 졸업하는 날에도 저는 졸업식은 쳐다보지도 않고 눈이
빠져라고 운동장만 바라봤지만
안타깝게도 끝내 실황을 보지는 못했습니다.

어쨌든 학생 인권도 좋고 교권확립도 중요하지만 이런 아름다운
미풍양속은 한국에서도 시급히 도입해야 할 것으로 보입니다.

33

크리스마스와 부활절은 이 나라의 가장 큰 명절로 우리나라의

설이나 추석처럼 모두들 가정에서 오랜만에 가족 친지들이 모여 즐거운 시간을 보냅니다. 이 날은 주유소를 제외한 모든 상가를 열 수 없도록 법으로 정해져 있습니다.
이런 날에 일하게 되면 손님도 없고 길거리도 텅텅 비어 있는 데다가 급여도 평소보다 1.5배를 주고 대체휴무일도 하루 주는 등 저같이 크리스마스날 특별히 할 일이 없는 사람에겐 일하기 너무 좋은 날입니다.

흰눈 사이로 버스를 타고 달리는 기분, 널널한 왕복 4차선 도로를 캐럴 흥얼거리면서 충북 진천군 초평면 완행버스 모드로 운행중.

부아아아아아아압! 갑자기 뒤쪽에서 음속을 돌파하는 굉음이 나길래 이괴 머여! 하고 창밖으로 돌아보니 뚜껑 없는 스포츠카를 모는 배불뚝이 대머리 아재가 눈썹을 휘날리며 마하 3의 스피드로 달려오더니 중앙선을 넘어 제 버스를 추월해서는 부아앙 날아가서 저 앞 사거리 신호등 아래 우회선 차로에 휘리릭 정차를 하네요.

잠시 후 저도 그 아재 바로 옆 차로에서 버스 세우고 직진신호 기다리고 있는데 원래 이 교차로는 우회전 신호 떨어진 다음에 직진신호를 주는데 오늘따라 우 회전은 안주고 직진신호를 먼저

주네요. ㅋㅋㅋ

홧더뻑!
배불뚝이가 어깨를 움찔하며 손바닥을 하늘로 향하며 말
없는 신호등에다 대고 뻐꾸기를 날리고 있을 때 제가 천천히
출발하면서 차창 밖으로 머리를 내밀고는 마치 12월의 태양
맨치로 활활 불타오르는 그의 정수리에다 대고, 헤이 나이스
트라이! 메리 엑스마스 브로! 하고 '시즌스 그리팅'을 날려주자,
닭 쫓던 돼지 표정으로 멀뚱멀뚱 쳐다보네요.

그러거나 말거나 캐럴 킵 고잉. I'm dreaming of a HOT
Chrismas. 퇴근 후 크리스마스 만찬. 4분간 예열한 탄소강
프라이팬에서 마이야르 반응을 통해 미디엄으로 구워내 8분간
레스팅으로 육즙을 제대로 가둔 뉴질랜드 자연산 스카치필레
스테이크는* 사정없이 쌈장에 푹 찍어 먹는 게 제맛입니다.

뉴질랜드 초록입 홍합을 듬뿍 넣은 씨푸드차우더는 오뚜기
크림스프 협찬으로 제조되었으며
파슬리가 미처 준비가 안 된 관계로 부득이 부추를 잘게 썰어
가니시garnish로 올렸습니다.

* 뉴질랜드의 소는 100% 방목이며 사료를 전혀 먹이지 않습니다. 한우보다는 기름기가 적어 조금 뻑뻑하지만 어릴 적 먹던 쇠고기 맛이랑 비슷합니다. 스카치필레Scotch Fillet는 우리나라의 등심과 비슷한 부위.

와인은 아기예수 낳으시느라 고생하신 성모 마리아를 기리는 의미로 혹스베이산 빌라마리아Villa Maria로 준비했습니다.*
좋은 저녁시간 되시길 바랍니다.

34

어제 30도를 육박하는 더위 속에 하필이면 에어컨 고장난 버스를 배차 받아 오후 내내 헥헥거리고 돌아다니고는 퇴근할 때 정비팀에 리포트 하려다가 아니 잠깐, 나만 당할 순 없지 하는 사악한 마음이 들어 쓰던 리포트 집어던지고는 마트에 맥주 사러 갔습니다. 누군지 몰라도 오늘 혓바닥 좀 내밀고 다니게 생겼네요. 히히히

땀을 많이 흘리는 한여름에는 수분 보충과 비타민 섭취를 위해 신선한 과일주스를 마시는 게 좋습니다. 단 주스의 생산 및 유통과정에서 혹시라도 불순물이 섞여 있을 수도 있으니 보드카를 약간 섞어서 확실하게 멸균을 해주는 걸 잊으시면 안 됩니다.

---

* 혹스베이Hawkes Bay는 북섬의 최남단에 있는 지역으로 남섬의 북부에 있는 Nelson Marlboro 지역과 더불어 뉴질랜드 최대의 와인 생산지입니다. 늦여름인 2월이 되면 와인 축제가 열리기도 하니 뉴질랜드 여행 계획을 세우는 분들은 참고하시길.

이상, Screw Driver by Bus Driver.

35

일할 때 현금수금을 위해 캐시 박스를 휴대하게끔 되어 있습니다. 예전에는 현금 수금이 많아서 하루종일 운행하다 보면 제법 많은 돈이 모이게 됩니다. 그래서 도난을 방지하기 위해 무거운 쇠로 만들고 자물쇠를 채워놓을 수 있도록 디자인되어 있는데, 요즘은 교통카드를 주로 사용하기 때문에 그 사용 빈도가 많이 줄었습니다.

우주최강의 잔머리가 잘 쓰지도 않는 그 무거운 쇳덩이를 들고 다닐 리가. 딸님이 학교 실습 시간에 만들다 팽겨쳐 놓은 깜찍한 파우치에다가 거스름돈으로 쓸 잔돈을 조금 담아서 가방에 넣고 다니는데 오늘 아침에 배차 받고 이것저것 체크한 다음에 가방을 열어 돈주머니를 찾는데 아무리 뒤져봐도 안 나옵니다.

어, 어제 몰던 버스에 놔두고 내렸나 하고 냉큼 본부에 무전을 날렸죠. 본부 나와라, 오우버. 나왔다, 오우버. 혹시 어젯밤 분실물 중에 깜장색 파우치 접수된 거 없나, 오우버. 없다, 오우버. 이런 된장, 오우버. 뭐라 그랬나, 오우버. 암 것두 아니다, 오우버 앤 아웃.

이러다 늦겠다 싶어 일단 서둘러 첫 번째 트립 한 바퀴 돌면서 곰곰이 어제 파우치의 행적을 추적하는데 아무리 생각해도 기억이 안 나네요. 다행히 현금 내는 손님 없이 첫 번째 트립 마치고 다음 트립을 입력하다가 무심코 콘솔 안에 넣어둔 근무 명령서Duty Sheet를 들춰보니, 아니 그 밑에 돈주머니가 깔려 있었네요.

어이쿠, 여기 자빠져 있었네. 버스에 올라타자마자 근무 명령서랑 파우치를 콘솔에 잘 모셔놓고는 그냥 새까맣게 까먹은 거죠. 설마 알콜성 치매? 한국의 새로운 대통령 각하도 술 끊으셨다던데, 저도 생각 좀 해봐야겠습니다.

36

지난 주말부터 어제까지 연휴여서 오늘도 제낀 사람들이 많았는지 아침 출근 시간인데도 차도 없고 손님도 없어 룰루랄라 하고 있는데 자주 보던 고딩이 하나가 교복을 차려입고 버스에 올라탑니다.

이보게 젊은이. 핵교는 내일 개학 아닌감? 아뇨, 오늘부터예요.
얼레리, 봐봐 니네 핵교 애덜 하나두 없잖여. 언능 집에 가.
아니라니깐요. 오늘 개학 맞아요.
향학열에 불타는 고딩이를 말릴 도리가 없어 학교 앞에
내려주고는 종점 갔다가 다시 반대 방향으로 돌아오는 길 학교
앞 반대쪽 버스 정거장에 그 친구가 죽어가는 표정으로 서
있네요.

거봐 내 말이 맞지? 어른 말 들으면 자다가도 떡이 생긴단다.
떡이 뭐예염? 자다가 먹는 거 있어. 집에 가자.

가만 보니 이 친구 이번이 처음이 아닙니다. 작년엔 2주 일찍
나왔는데 올핸 딱 하루 일찍 나왔으니 그동안 피나는 훈련을 한
것이 틀림없습니다.
야야, 조금만 더 노력하자.

37

더운 여름철에는 돼지고기가 상하기 쉽기 때문에 가급적
충분히 익혀서 드시는 게 좋습니다. 김치찌개를 끓여 먹을 경우
돼지고기의 세균과 김치 속의 유산균이 뱃속에서 풍화작용을

일으켜 육미크론이나 칠미크론 같은 변종바이러스를 만들어낼 수도 있으니 반드시 적당량의 알콜로 멸균을 시켜주는 것을 잊으시면 안 됩니다.
절대 소주가 먹고 싶어서 이러는 거 아닙니다. 이 모든 게 인류의 건강과 행복한 삶을 위해 집술 김선생의 혼술랩소디였습니다.

사인하기 딱 좋은 날씨라 전근 신청 서류에 사인하고 그 기념으로 한잔 합니다.

38

Good Morning Vietnam. 약 일 년 반쯤 전 해밀턴 버스 카드 시스템이 바뀌면서 모든 승객들에게 새로운 카드를 무료로 나눠 주고 등록 및 충전해서 사용하도록 안내를 하고 있었습니다. 물론 운행 중에 일일이 얘길할 순 없으니 안내 브로셔와 버스 카드를 나눠준 거죠.

단골 손님 중 베트남에서 온 친구가 있습니다. 제가 카드와 브로셔를 준 다음 날 이 친구가 버스에 올라타면서 버스 카드를 태그하는데, 삐익! 하면서 결제가 안 됩니다.

손님, 버스 카드 등록은 하셨나요? 예스. 현금충전도 하셨구요? 예스. 이상허네, 등록이 안 됐다고 뜨는데요. 예스. 등록 하셨어요. 안 하셨어요? 예스. 너 등록 안 했지? 예스. 그럼 돈 내야되. 예스. 돈 내라구. 예스.

제 옆에 앉아 있던 BTS누님이 보다 못해 이 양반 영어 못 하나봐, 동상. 네 그런가 봐요. 누님. 너 영어 못 하지 임마. 예스.

그래서 제가 잔돈 파우치에서 5불짜리 지폐를 꺼내서 눈 앞에서 흔들면서 돈 내라고 돈. 이렇게 생긴 거 말여. 이랬더니 그 친구 그 돈을 자기가 가져 가려고 그러네요. 누님하고 저하고 웃다가 쓰러졌습니다.
그 친구는 영문도 모르면서 같이 웃고. ㅋㅋㅋ

그 이후로 계속 일주일에 두세 번씩 걔네 집 앞에서 시내까지 태워줬는데 오늘도 만났네요.

어이, 잘 지냈어? 나 오늘이 마지막 날이야. 잘 지내.

그랬더니, 예스! 그러면서 자리에 가서 앉네요. '예스맨의 탄생'입니다.

39

며칠 전에 회사에 전근 신청을 할 때 이사 계획을 잡아야 하니 언제까지 해밀턴에서 근무하면 좋겠냐고 물어보니 우리 지사에 지금 휴가간 드라이버들이 많으니 2월 13일 그러니까 내일 일요일까지는 꼭 좀 근무를 해달라고 하더군요.

북부 오클랜드에서 첫 근무를 시작하게 될 날이 2월 21일이니 아직 일주일 정도 여유가 있는 데다가 제가 굳이 서둘러 이사를 해야 할 이유도 없고 해밀턴 지사에도 드라이버가 부족한데도 불구하고 선뜻 전근 신청도 받아준 게 고맙기도 하고 해서 묻지도 따지지도 않고 흔쾌히 알겠다고 했습니다.

오늘은 스케줄 상 원래 쉬는 날이고 내일이 해밀턴에서의 마지막 근무일인데 오늘 새벽에 카운터 직원이 다 죽어가는 소리로 전화해서는 갑자기 아파서 출근 못 하겠다고 연락 온 기사가 너무 많아서 운행 대박 '빵꾸' 났다며 이사 준비로 바쁘겠지만 와서 좀 도와달라고 합니다. 나가긴 싫었지만 마지막 서비스라 생각하고 군소리 없이 알겠다고 했죠.

그런데 막상 회사에 나가서 출근 도장을 찍으려고 하니 출근 체크하는 모니터에 제 이름이 없는 겁니다. 술이 덜 깨서 내 이름을 못찾는 겐가 아무리 눈을 비비고 다시 찾아봐도 Bruno Kim은 없습니다. 카운터 직원 불러가지고 왜 출근 체크 모니터에 내 이름이 없냐고 물어보니 자기도 어찌 된 일인지 모르겠다고 그러네요.

새벽에 애원해서 저를 간신히 불러낸 그 직원이 애가 타서 엉엉 울면서 키보드를 한참 동안 다다다다 때리면서 찾아봤지만 제 이름이 Go Bus 해밀턴 지사 직원 명단에 아예 없다는 겁니다. 띨빵한 본사 인사 담당자라는 인간이 이곳 현지 상황이 어떤지도 모르고 저의 신상을 어제 금요일 저녁에 미리 북부 오클랜드 지사로 넘겨버리고 룰루랄라 퇴근해버린 모양입니다.

사실 어제 저녁에 해밀턴에서의 마지막 불금이라고 혼술 신나게 빨아 제낀데다가 밤에 자다가 너무 더워서 자다 깨다를 반복하다 간신히 잠들었는데 새벽녘에 이 인간이 전화해서 잠 깨우는 바람에 비몽사몽 몽이 두 개라 일하기 무지 싫었는데 마침 잘됐죠.
헛걸음 시켜서 미안하다는 카운터 직원에게 근엄한 표정으로 괜찮다고 하면서 상황 바뀌기 전에 재빨리 집으로 돌아왔습니다.
이렇게 어이없게 해밀턴에서의 마지막 근무(?)를 장렬하게 마치게 되었습니다.

4부

다시 오클랜드로

'저녁 때 된장찌개에다 이면수를 구워 먹을까, 아니면 계란말이를 해먹을까.' 중대한 결심을 내리지 못해 고심하던 차에 '어 이런 된장' 모터웨이에서 빠져나갈 출구를 놓쳐버렸네요.

1

아이들이 오클랜드에서 공부하는 동안 두 번째 록다운이 걸리면서, 불과 차로 1시간 반 거리에 아이들을 두고 한동안 생이별을 했기에, 다시 또 그런 일이 안 생긴다는 보장이 없어 아이들이 지내고 있는 곳과 가까운 북부 오클랜드 지사 North Auckland Depot로 전근Transfer 했습니다.

이곳에서는 또 어떤 일들이 벌어질까요?

새로운 근무지에는 다음주 월요일부터 출근이지만, 직원들하고 인사도 나누고, 새로운 유니폼도 수령하고, 이것저것 안내도 받으러 회사에 잠깐 들렀습니다. 그런데 배정받은 개인 사물함 번호가 무려 꼴데의 영구결번 11번!* 이는 올해 꼴데가 우승을 할 거라는 강력한 메시지가 아니고 뭐란 말입니까?

2

새로운 곳에서의 운행 첫날. 정거장에서 돌리 파튼처럼 생긴 누님이 버스에 올라타시면서

* 롯데 자이언츠의 첫번째 영구결번 번호. 고 최동원 선수의 등번호.

기사양반, 나 이 카드 츰 쓰는디 잘 될랑가 몰것넹. 그러면서 골드 카드 즉 경로우대 버스카드를 보여주십니다. 누님, 그거 그냥 막 쓰시면 안 되구요, 먼저 카드에다 키스 한 방 쏴주시고 그 담에 태그 하세요. 하면서 눈썹 두 번 튕겨줬죠. 그랬더니 그 누님 깔깔 웃으면서 제가 시킨 대로 하시더니

오오 된다 된다, 옵바 호호호홍. 그 뒤에서 그걸 바라보고 있던 제인 폰다처럼 생긴 일행 누님
저에게 '심쿵윙크'를 한방 날려주시네요. 이렇게 해서 북부 오클랜드 지역 BTS 창단 멤버 두 분을 모시게 되었습니다.

BTS 포에버!

3

이 나라의 버스 업계에는 신입 기사가 입사 교육 마치고 본인 고유의 업무 로스터Roster를 배당받는 걸 '뱃지Badge를 받는다' 라고 표현합니다. 물론 뱃지를 달기 전까지는 몇 달 동안은 Holiday Relief라고 하는, 고참들의 휴가나 병가로 인해 결원이 발생한 업무를 대체해 주는 일을 합니다. 이처럼 여러 사람들의 로스터를 번갈아 가면서 대체 근무를 하다 보면 어쩔 수 없이

매일 매일 출근하는 시간도 다르고, 운행하는 노선도 다르기 때문에 여러모로 애로사항이 많기 마련이죠.

그런데 저는 완전 신삥이 아니고 타 지역에서 전근을 온 베테랑이라서 이런 경우에는 당하지 않을 줄 알았는데, 벌써 4주가 넘도록 대체 근무를 시키고 있어서 오늘 대장님Depot Manager한테 따지러 갔죠.

> 사잔님 나빠요. 빨리 뱃지 주세요.
> 오 신입이 너 이래 개지구 밥 빌어먹구 살겠니?
> 왜요?
> 지난주에만 유턴 세 번에 빠꾸 한 번 했구먼.
> 허걱.
> 내 안 그래도 이 뱃지를 줄까 말까 고민 중인데, 일단 다음 주부터 함 해보라. 단디 해래이. 이거 하다가 유턴 하면 진짜로 큰일 난대이.

무엇 때문에 그러나 하고 살펴보니, 아침에 학생들들 태우고 Motorway를 달려서, 그러니까 서울로 치면 외곽순환도로나 내부순환도로 같은 길을 달려서 학교 앞까지 데려다 주고, 방과 후에 다시 학교 앞에서 학생들 태우고 돌아오는 스쿨버스 노선이 로스터에 포함되어 있네요.

조만간에 시속 90km로 유턴하는 장면을 해외토픽에서 보실 수 있을 겁니다.

4

초등학교 앞에서 아이들 태우려고 기다리던 중 교문 앞 안전 지도를 하고 있는 선생님을 바라보며 '저렇게 예쁜 선생님한테라면 수학이랑 역사를 한꺼번에 배워도 절대 졸지 않을 텐데.'라며 부러워하고 있는데, 옆에 있던 약간 수상쩍게 생긴 다른 버스 회사의 운전 기사가 슬슬 다가와서는

혹시 한국 사람이냐고 묻더니만 자기 한국에서 2년 살다가 왔다며 '사장님 나빠요' '때리지 마세요' 등등 한국에서 배운 한국말을 몇 마디 어줍잖게 늘어놓다가 갑자기 얼빵하게 심각한 표정을 지으면서, 이제 곧 온 세계가 하나로 뭉쳐질 거야. 나라도 국경도 인종도 전쟁도 없는 오직 단 하나의 나라로, 바로 비트코인을 가지구선. 이러면서 본격적으로 턱도 없는 썰을 풀기 시작하는데 마침 '학교종이 땡땡땡' 하고 아이들이 몰려나오는 바람에 어쩔 수 없이 썰 종료.

뒷얘기 궁금해 죽겠네요

5

평소에도 건들건들하던 인간이 오늘은 손가락을 살짝 들어 버스를 세우더니만 인사를 건네도 슥 씹어버리고는 건들건들 느릿느릿 뒷자리로 가길래, 잠들어 있던 꼰대력이 용솟음치면서 이런 싸가지 읎는 넘. 맛좀 봐라. 급출발 급회전 급정거 삼단콤보를 0.1초만에 휘리릭 날려주니까, 이늠이 안 자빠지겠다고 바둥거리다가 결국 입고있던 똥꼬바지가 훌러덩 내려가는걸 백미러로 확인하고는 흐뭇해하는 연쇄유턴마.

원래는 모든 승객이 착석한 걸 확인하고 출발하게 되어 있지만 모든 법칙에는 예외가 있는 법. 아우 개운해!

뉴질랜드는 한국과는 달리 시내버스 운행 간격이 매우 깁니다. 출퇴근 시간이 아닌 경우엔 거의 모든 버스가 1시간 간격으로 운행됩니다. 그렇기 때문에 출발시간이 되어서 막 떠나려고 하다가도 저 멀리서 누군가가 제 버스를 타려고 뛰어오면 살짝 귀찮기는 하지만 뛰지 말라고 수신호 보내주고는 기다려줍니다.

그런데 승객의 연령대나 그 성별에 따라 그 뛰어오는 행태가 명확하게 구분됩니다. 먼저 40대 이상 아재들의 경우 크게 특이한 사항 없이 뛰어 올라와서는 쿨하게 '땡큐' 하고 자리에 가서 앉습니다.

40대 이상 아짐들의 경우 마치 신장개업하는 식당 앞에 서 있는 풍선 인형처럼 저 멀리서부터 팔다리를 마구 휘저으면서 전혀 빠르다고는 볼 수 없는 스피드로 뛰어와서는 적게는 세 번에서 많게는 열두 번 정도 땡큐를 날려줍니다. '유어 웰컴'은 딱 두 번만 해줍니다.

젊은 여성들의 경우 바이오닉 우먼 제이미 소머즈의 자세로 사뿐사뿐 뛰어와서는 가쁜 숨을 몰아쉬면서 약간은 부끄럽다는 듯 아무 말도 못하고 눈빛으로만 고맙다는 표시를 하는 경우가 많죠.

'가오'를 목숨보다 중시하는 젊은 남성들의 경우 저 멀리서 죽을 힘을 다해 뛰어오다가도 저랑 눈이 딱 마주치면 속도를 현격히 줄이고는 자기가 언제 뛰었냐는 듯이 숨을 꾸욱 참으면서 올라타서는 마치 '내가 해냈다'는 표정으로 저를 힐끗 쳐다보고는 자리로 들어갑니다. 물론 땡큐 따윈 절대 안 하죠.

그런 경우, 제가 꼭 한마디 해줍니다. 이보게 젊은이, 카드는 찍고 들어가야제.

6

어린 자녀를 두신 부모님들, 특히 롯데 골수팬이신 부모님들은 어린이 날에 절대로 자녀들 데리고 야구장 가시면 안 됩니다. 아이들에게 인생의 쓰라림을 너무 일찍 맛보게 하는 건 별로 좋지 않습니다. 해피엔딩으로 끝나는 영화를 보여주시길 권합니다

어린이날에 이겨본 적이 없는 꼴데 이 한심한 팀아, 쯤! '꼴빠'의 씨를 말릴 참이냐! 며칠 전에는 오랜만에 야간 근무이라 부산방송 KNN 라디오 앱으로 야구 중계 들으면서 운행하는데 대가리에 피도 안 마른 녀석이 술을 얼매나 퍼마셨는지 카드를 제대로 대지도 못하고 비틀비틀 휘청휘청 거리다가, 어이구 안 되겠네. Hey Bro, 도저히 카드 태그를
몬 하겠는디 이것참. ㅋㅋㅋ 공짜로 좀 태워주쇼 시바. ㅋㅋㅋ

이런 싸가질 봤나, 안 그래도 좀전에 전준우가 찬스에서 병살타 치는 바람에 심경이 무척이나 엿 같던 차라, 두 눈 부릅뜨고 부드러운 목소리로, 나, 니 형 아니니까 카드 똑바로 대든가 아니면 좋은 말 할 때 내려라! 그랬더니 이 자식, 풀렸던 눈이 삼각형으로 바뀌더니 뒷걸음질로 비틀비틀 휘적휘적 버스를 내립니다.

부산 경남에 사시는 독자 여러분들, 꼴데 야구가 잘 안 풀리
때는 대중 교통 이용을 삼가시고
가급적 자차나 도보로 이동하시길 권합니다.

다음 날은 일찍 퇴근 하고 야구 보다가 6회초에 꼴데가
5대3으로 역전했을 때 갑자기 촉이 오길래 바로 TV 끄고
잤습니다. 나중에 친구가 카톡으로 약올리기 전까지는 다시
역전패 당한 줄도 모르고 아주 기분이 좋았습니다.

오늘은 몇 회에 자야 할까요.

7

연식이 좀 되시는 분들은 20세기 후반 압구정동을 중심으로
맹활약하시던 이른바 '야타족'이란 분들을 기억하실 겁니다.
당시 저의 차는 깜찍한 하얀색 엑센트였기 때문에 감히
그 역사적 흐름에는 동참하지 못하고 그저 감탄만 하며
그분들의 위대한 퍼포먼스를 멀찍이서 지켜볼 수밖에 없었는데.

오늘 읍내 종점에서 운행 끝내고 나서 빈 차로 환승
스테이션으로 돌아가는 길에 마침 정거장에 이쁘게 생긴 여학생

둘이 서 있길래,

어디 가니?
환승스테이션이요.
타.

그랬더니 거의 뽀뽀를 해줄 기세로 환하게 웃으면서 덩실덩실 춤을 추며 버스에 올라탑니다. 역시 여자들은 크고 비싼 차에 약하다는 걸 다시금 깨닫게 되었습니다.

8

모터웨이Motorway 그러니까 서울로 치면 88도로나 강변북로 같은 길을 타고 방과 후에 집에 가는 아이들 태우러 학교가 있는 남쪽으로 가는 길에 '저녁 때 된장찌개에다 이면수를 구워 먹을까, 아니면 계란말이를 해먹을까.' 중대한 결심을 내리지 못해 고심하던 차에 '어 이런 된장' 모터웨이에서 빠져나갈 출구를 놓쳐버렸네요.

에이 할 수 없지. 다음 출구로 나가서 돌리면 되지 뭐. 근데 어디까지 생각했지. 아 차라리 스팸을 구워 먹을까. 다시 또 그러면서 가는데 아 망했다, 또 놓쳤습니다.

시내로 들어가기 전 마지막 출구였지만 그렇다고 시속 100km로 달리는 모터웨이 한복판에서 유턴을 할 수도 없고 해서 어쩔 수 없이 눈물을 머금고 계속 길 따라서 가는데 바다를 가로질러 노스 쇼어North Shore와 시내를 연결하는 오클랜드의 명물 하버 브릿지Harbour Bridge를 타고 넘어 역시 오클랜드의 상징인 스카이 타워Sky Tower 앞에서 한 바퀴 삥 돌아서 다시 학교 쪽으로 향해 가고 있는데, 마치 이 찬스를 기다렸다는 듯이 신호마다 제 앞에서 딱딱 빨간 불이 들어오고 횡단보도마다 할머니가 강아지 끌고 건너가고. 머피의 법칙과 '이런 된장'을 저주하면서 젖먹던 똥줄까지 활활 태워가며 사력을 다해 달렸지만 결국 5분 정도 늦게 학교 앞에 도착.

어라? 아이들로 북적거려야 할 시간에 길고양이 한 마리 안 보입니다? 본부에 무전 날렸죠. 이기 머꼬? 쪼매 늦었는데 고마 얼라들이 다 사라지 뿟다. 우야믄 좋노, 오바.

침착해라. 오늘 오전 수업만 하고 다들 집에 갔다. 빈 차로 한 바퀴 돌고 복귀하라, 오바.

털썩. 이럴 수가! 진작에 얘길 해주든가. 내 똥줄 내놔!

9

밤 11시경 야구 보다가 열받아서 꺼버리고 자려고 침대에 누워서 폰 보다가 어떤 페이스북 포스팅에서 '분식집 개 3년이면 라면을 끓인다'는 문구에 깊은 감명을 받아 바로 박차고 일어나 라면을 끓였습죠.

라면이 다 끓은 순간 내가 괜한 짓을 했구나 싶었지만 일단 시작한 일은 끝장을 보는 책임감 강한 스타일이라 국물 한 방울 안 남기고 '컴플리트'했지요. 라면을 먹으면서 다시 야구를 틀었는데 이제 스코어는 3대3. 9회말 꼴데 공격 일사만루 상황. 상대 팀 투수는 쫄아서 스트라이크를 못 던지고 있음. 그냥 배트 들고 서 있기만 하면 끝내기 밀어내기로 이길 수 있었는데 실투로 하나 던진 스트라이크를 굳이 건드려서 평범한 병살타를 치는 한심한 꼴데 타자 시키.

바로 그다음 키움 공격. 꼴데 투수가 던진 한가운데 실투를 놓치지 않고 역전 쓰리런 홈런을 날리는 바람의 손자 이정후 선수. 실투 좀 놓치면 덧나냐, 이늠들아!! 이제 야구 안 볼랍니다, 씩씩.

다음 날 아침, 불어 터진 물만두 같은 얼굴로 출근을 했더니 카운터 직원 말하기를, 어이 행님아. 어제 무신 슬픈 일이라도 있었습니꺼? 와 밤새 울기라도 했는교?

야구가 참 슬펐어.

10

한국은 오늘이 하지겠지만 뉴질랜드에서는 오늘이 일년 중 밤이 제일 긴 동지. 동짓날 한국에서는 새알 넣은 팥죽을 끓여 먹지만 이곳 뉴질랜에서는 스케일 크게 새를 잡아먹습니다.

아침 기온이 무려 영상 2도에 육박하는 기록적인 한파 속에 맞은 동짓날 저녁. 특별히 마오리 전통음식인 안동찜닭을 준비했습니다. 오늘은 동짓날이니만큼 스코틀랜드 전통주인 'McCaulay'*로 귀밝이술을 곁들이고 있습니다.

마오리 전통요리 안동찜닭의 비밀 레시피를 특별히 독자 여러분들께만 공개합니다.

* 막걸리의 스코틀랜드식 표기.

1. 신선한 달걀을 21일 동안 겨드랑이 속에 품는다.

2. 태어난 병아리를 잘 먹여서 키운다.

중략

11. 불을 끄고 통깨와 참기름을 뿌려서 마무리한다. 끝

참 쉽죠? 잉.

11

점심시간에 기사휴게실에서 노닥거리고 있는데 야드에서 신입사원 교육하고 있던 교관이 저에게 오더니, 브루노 기사님, 저기 저 신입사원한테 버스 후진해서 주차하는 법 좀 가르쳐 주시겠어요? 제가 갑자기 일이 좀 생겨서 잠깐 가봐야 하거든요. 그러기에,

근디 왜 그런 걸 저헌티 시키고 그러셔. 그것두 신성한 즘심시간에? 그랬더니, 유턴하고 '빠꾸'는 브 기사님이 뉴질랜드 최고 아입니까? 게다가 음층 잘 생기셨구. 부탁 좀 드릴께요잉. 흠, 그건 그렇지.

그래서 새로 들어온 한국 아재 기사한테 버스 후진의 정석을

지도하고 있는데, 아 진짜 이 냥반. 시키는 대로 좀 그대로 따라만 하면 될 텐데, 매번 제가 시키는 반대 방향으로 핸들을 돌리면서 뭐 그리 할 말도 많고 이유도 많은지 게다가 뺀질뺀질은 완전 기름장어 수준이네요.

도저히 안 되겠다 싶어서 매니저 사무실로 올라가서 물어봤습니다.

> 대장님, 경장히 획기적이고 효과적인 한국식 교육 방식이 있는데 그 방법으로 지도해도 괜찮겠습니까?
> 오 어떤 방법입니까, 브 기사님?
> 사랑의 매.

고것이 솔찬히 빠르긴 헌디.

12

늦은 저녁 시간에 운행중 소피아 로렌 스타일의 섹시한 누님 승객이 제 옆자리에 다리 꼬고 앉아서 꾸벅꾸벅 졸고 있다가 갑자기 화들짝 놀래면서 일어나더니, 아따, 기사양반. 운전을 겁나 스무스하게 허요잉. 버스가 하도 잔잔허게 가는 바람에 내도 모리게 까암빡 잠이 들어부러서 내릴 데를 두 정거장 지나쳐 부렀으니 어쩔 것이오? 회사에다 항의 전화를 해야 쓰겄으니 언능 이름을 대시옷!

제가 대답 없이 쿨하게, 눈썹 두 번 튕겨드리자 자리에 털썩 주저앉으면서, 옴마야, 눈썹 두 번. 글타면 오라방이 바로 그….
네 맞습니다 누님. 여기 버스 탄 소녀들 BTS 가입신청서 있응게 빠짐없이 꽉꽉 채우셔서 담번에 저 만나면 주세유. 은행 계좌번호랑 비밀번호는 빠뜨리시면 안 되유. 온라인으로도 되니께 업참하시구유.
하유, 그람유 그람유.

갈릴레오 피가로. 마띠띠까아아아아. 이넘의 인기는 식을 줄을 모릅니다.

13

고3 때 일입니다. 미션스쿨이었던 저희 학교는 매주 월요일 첫 시간에 전교생이 강당에 모여 예배를 봤는데 어느 월요일 아침 예배시간, 여느 때와 다름없이 경건한 마음으로 꾸벅꾸벅 졸고 있었는데 제 옆자리에 앉아 있던 친구 녀석이 갑자기 저를 확

밀치는 바람에 하필이면 제가 앉아 있던 자리가 중앙통로 바로 옆자리여서 한창 두 팔을 펼치고 열띤 설교를 하고 계시던 교장선생님 정면으로 철퍼덕 소리와 함께 바닥에 떨어지고 말았습니다.

너무 놀라기도 하고 넘 쪽팔리기도 해서 순간적으로 기지를 발휘해서 바로 안 일어나고 죽은 척하고 가만히 누워서 있었습니다. 불의의 사고로 예배는 잠시 중단되고 뒷자리에서 졸고 계시던 선생님들이 우르르르 몰려와서는, 얘가 안 하던 공부하느라 갑자기 무리를 해서 과로로 쓰러졌나 보다. 앰뷸런스를 불러라. 양호선생님 어디 갔냐?

생난리가 났는데도 저는 모른 척 눈 감고 버티고 있는데 와중에 우리 담임선생님 목소리, 얘가 그럴 애가 아니예요. 이눔 시키, 졸다가 자빠져놓고는 어디서 과로 코스프레를 하구 자빠졌어. 언넝 안 일어나 이 시키야.

정체가 드러난 이상, 어쩔수 없이 툭툭 털고 일어났습니다. 나중에 옆에 있던 친구 녀석한테 왜 밀쳤냐고 한마디 했더니 코 고는 소리가 점점 커져서 도저히 시끄러워서 잘 수가 없어서 살짝 깨우려고 어깨로 툭 밀었는데 힘 조절이 잘 안 돼서 그렇게 됐다고.

코골이 전설 1탄, 실화입니다.

14

오래전 한국에서 회사 다닐 때 그 당시 유행하던
'황토방펜션'으로 1박2일짜리 워크숍을 간 적이 있습니다.
형식적인 워크숍은 해 지기도 전에 끝내 불고, 진짜 목적인
단합대회로 바로 이어졌지요.

공식적인 단합대회가 끝난 후에 두 그룹으로 나뉘어서 각자
기호에 맞는 형태로 멤버십을 트레이닝 하는데 그 하나는
못 먹어도 Go 고스톱파였으며, 다른 하나는 죽을 때 까정
퍼마신다는 酒死파. 그 당시 주사파에는 코골이 3인방이
있었는데 저는 그중 막내였죠.

주사파 멤버십 트레이닝이 진행되던 중에, 데시벨이 넘 높아서
도무지 같이 잘 수가 없다. 코골이 괴수들은 격리해서 한 방에다
몰아서 재우자. 혐오시설은 분리수거 하는 게 맞다. 이른바
'Not In My Back Yard' 여론이 팽배하는 바람에 멤버십
트레이닝이 끝난 후 하는 수 없이 수퍼 코골이 3인방은 따로
격리되어 작은 골방 같은 데서 함께 자는데, 왐마 세상에. 무슨

인간들 코고는 소리가 시조새랑 고질라가 사투를 벌이는 줄.

막내의 내공으로는 도저히 견딜 수가 없어서 아직도 고스톱 혈전이 한창이던 옆방으로 피신해서 화투판 옆의 벽 쪽 빈 자리에 쭈그리고 누워 있는데 얼굴에 무슨 가루 같은 게 자꾸만 떨어집니다. 이게 뭐야 하고 일어나서 살펴보니 황토로 만든 벽이 골방에 갖힌 괴수들의 울부짖음에 진동하면서 황토가루가 부스스 떨어지고 있는 겁니다.

그걸 지켜보던 수도권 모 대학 물리학과를 나온 선배 왈, 이건 공명현상임에 틀림이 없다.
두 인간의 코 고는 소리에서 발생한 음파가 증폭을 해서 이 황토집을 무너뜨릴 수도 있어!

그 이후로 저희 회사의 워크숍은 안전한 철골 콘크리트 구조물에서 진행되었습니다.

코골이 전설 2탄, 역시 실화입니다.

15

약간 골치 아픈 일이 생겼습니다. 휴가 가기 전날 지사장님께서 부르시길래 휴가비라도 주려고 그러나 싶어 올라가 봤더니,

> 오 브르노 기사님. 이번 달 말일날에 우리 지사에서 바베큐 파티 하는 거 알고 계시쥬? 이번엔 특별히 '코리안 스타일' 바베큐로 할라꼬 그라는디 전직 일식집 주방장 출신이신 브 기사님께서 음식 준비를 좀 맡아서 해주셨으면 좋겠시유. 김밥도 좀 말아주시고 사라다도 비벼주시고.

헉, 뭐라구?

> 근데 아시다시피 우리 직원들 중에는 무슬림도 몇 명 있고 인도 사람들도 많으니께 돼지고기랑 소고기는 빼고 준비해 주셔유.

헉, 뭐라구??

> 코리안 바베큐는 소갈비나 돼지목살 꿉어 묵는 긴데 차 떼고 포 떼고 나믄 절더러 우짜라는 말씀입니꺼?

양고기랑 닭고기에다가 한국식으루다 양념 발라서 굽으면 되지 않을까유? 근디 매운 건 안 되유 난리나유.

헉, 뭐라구???

어쨌든 그날 본사에서 높으신 분들도 오시니께 차질 읎게 잘 준비해 주세유. 휴가비는 없시유. 잘 댕겨 오세유.

김밥은 예전에 스시집에서 하던 가락이 있으니까 대충 싸면 되겠는데 바비큐랑 샐러드는 어찌하면 좋겠습니까.

도저히 머릿속에 좋은 아이디어가 떠오르지 않아서 양고기랑 닭고기 구이에 좋은 맵지 않은 한국식 양념과 그에 어울리는 샐러드 드레싱 레시피를 페이스북에 있는 요리전문가 친구분들에게 자문을 구한 다음 바베큐 전날 특별 휴가 하루 받아서 회사 안 가고 하루 종일 집에서 두 가지 양념 만들어서 양고기 닭고기 재우고 게맛살 오뎅 야채 계란 등 4가지 김밥은 물론 샐러드에 다섯 가지 드레싱 그리고 오뎅탕 등등 바리바리 싸가지고 갔는데,

막상 밥상 차려놓으니까, 한국식인데 김치는 어디 갔냐? 오뎅은 있는데 왜 떡볶이는 없냐? 이런 걸 농담이랍사고

지껄이는 영감쟁이가 어딜 가든 꼭 있죠. 꼰대심 발끈해서 상 엎어버리려다가 간신히 참고 고기 굽는데, 물론 한국식 불고기 양념 비스무레하게 재운 양고기는 당연히 모두에게 인기가 있었고 스시는 많이들 접해 봤지만 김밥은 처음 먹어보는 사람들의 반응도 생각보다 좋았습니다.

특히 오뎅탕 국물을 마시면서 '원더풀!'이라며 감탄하는 본사 임원에게, 이 수프는 각종 야채와 해물을 넣고 24시간 동안 정성을 다해 우려낸 겁니다라고 구라를 쳤습니다. 멸치랑 양파 넣고 잠깐 끓이다가 간장으로 간 맞춘 건데 멸치도 해물이고 양파도 야채니까 완전 구라는 아닙니다.

어쨌든 여러 친구님들의 조언과 응원 덕분에 한국의 맛을 제대로 보여줬습니다. 다만 아쉬운 것은 한국식 바베큐의 반응이 너무나도 좋아 다음에도 또 시킬 것 같은 불길한 예감이 든다는 거죠.

또 시키믄 한국으로 이민 갈껴.

16

자동 세차 시설이 있는 다른 지사의 경우 저녁 때 일과 마치고 지사로 복귀해서 주유기 앞에 버스를 정차해 두면, 전담 직원들이 알아서 주유하고 기계로 외부 세차하고 내부 청소까지 마친 후 정해진 구역에 주차를 합니다. 우리 지사는 규모가 작은 편이라 버스가 그리 많지 않아서 자동 세차 시설이 없고 매일 아침에 돌아가면서 6대씩 수동으로 외부 세차를 합니다.

그런데 세차 용역하는 할배가 버스 운전을 못하기 때문에 누군가가 세차 구역에 버스를 넣어주고 빼주는 업무를 해야 합니다.

제가 아침마다 운행을 일찍 끝내고는 지사로 돌아와서 버스들을 세차장에 집어 넣어주고는 잠시 기다렸다가 세차가 끝나면 다시 걔네들을 후진해서 꺼내 야드에다가 깔끔하게 정렬해서 주차를 합니다. 이게 저의 업무가 적혀 있는 Duty Card에 아예 명시가 되어 있습니다.

가끔 정비고 직원들이 정비창에 입출고를 부탁하는 경우도 있죠. 왜 하필 제가 왜 이런 일들을 하는진 다들 알고 계시겠죠? 유턴의 달인이자 후진의 신동인 제가 아니면 누가 이런 일을 해내겠습니까.

제가 세차 도우미를 하면서 용역 할배가 일하는 걸 지켜보니까 고압 호스로 물을 뿌려서 먼지랑 때를 불린 후 비눗물을 뿌리고 나서 긴 브러시로 문질러서 닦은 후 다시 물을 뿌려서 헹구는데 이걸 가만히 서서 기다리면서 지켜보고 있느니 옆에서 세차를 같이 하면 운동도 되고 시간도 절약 되고 일이 빨리 끝나면 집에 빨리 갈 수도 있을 것 같아 '이게 바로 말로만 듣던 누이 좋고 뽕도 따고 가재 치고 도랑 잡는 거구나' 하는 생각에 브러시를 들고 세차를 같이 하기 시작했습니다.

어느 더운 여름날, 제가 고압 호스로 버스에다가 시원하게 물을 뿌리고 있는 걸 오전 업무 끝나고 지나가다가 본 피지Fiji 출신 아재 기사, 그게 재미있어 보였는지 자기도 한 번만 해보겠다네요. 절대 안 된다고 하다가 못 이기는 척하고 그러면 딱 한 번만 해보라고 했더니 아주 좋아 죽습니다. 한 번만 해보겠다고 하고는 결국 버스 3대 닦고 갔습니다

이걸 숍인숍Shop in shop 개념으로 사업화해서 10분에 5불씩 받고 영업을 해볼까 합니다.
'봉이 브루노' 또는 '톰 소여'의 탄생입니다.

17

그때는 왜 이렇게 미친 듯이 술을 퍼먹었는지 모르겠습니다. 암울한 현실, 불투명한 미래 이런 거랑은 전혀 상관없이 술이 좋았고 술자리가 좋았던 것 같습니다. 20대 후반 30대 초반에 있었던 에피소드 세 개를 들려드리겠습니다.

만취의 전설 1탄

21세기가 시작되기 직전 세기말의 암울한 시기에
대한민국 교육의 미래를 한탄하며 교대 앞 ㄱㅂ곱창에서
친구와 술잔을 나누다가 언제나 그랬듯이 거의 만취
상태가 되어 어떻게 집에 돌아왔는지는 기억이 잘 나지가
않고 어쨌든 집에 와서 옷 벗고 씻고 자려고 하는데
아무리 노력을 해도 와이셔츠 단추가 풀리질 않는
겁니다.

한 삼십 분가량을 씨름하다 그만 지쳐 쓰러져 잠이
들었는데 아침에 일어나보니 와이셔츠 위에 처음처럼
소주 로고가 새겨진 앞치마를 꽁꽁 동여매고 있었다는.
앞치마 블루스가 따로 없었습니다.

만취의 전설 2탄

그날도 역시 숙취로 버무려진 육신을 질질 끌고 출근하던
중 앞뒤가 똑같은 역삼역에 내려야 할 것을 정신 챙기고
보니 이미 강남역. 이왕 잘못 내린 김에 해장이나 하고
출근하려고 국기원 맞은편 골목에 있던 단골 콩나물
해장국집에 가서 한 그릇 하고 있는데 식당 안이 뭔가
북적대는 것 같아 돌아보니 방송국에서 리포터랑
카메라맨이 와서 맛집을 소개하는 TV 프로그램 촬영을
하고 있네요.
그러거나 말거나 저는 하던 일 계속하고 있었는데
저한테도 와서는 카메라를 들이대면서 방송에 띄워줄
테니 맛있게 한번 먹어보라고 하길래 펄펄 끓는
콩나물국을 후루루룩 마시면서, 어우 시발 궁물이
끝내줘요!를 시전하다가 입천장 홀랑 다 까져버림.

해가 지자 다시 몸이 풀려서 친구랑 한잔하고 있는데, 그
친구가, 야, 저기저기 저거저거 너 아니냐? 고개를 돌려
식당 벽에 매달린 14인치짜리 TV를 보니 어떤 눈 풀린
인간이 정성을 다해 국밥을 퍼먹고 있는 모습이 공중파를
통해 전국에 방송중. 잠시 후 방송을 본 각계각층의
인사들로부터 쓰나미처럼 몰려오는 격려 전화와 문자

카카오톡 때문에 더이상 술을 마실 수가 없었음.

전국구 '꽐라' 인증이 됐죠.

만취의 전설 3탄

모기업에 입사한 지 얼마 안 되었을 무렵, 그룹 연수원 입소교육 끝나고 자대배치 받아 열심히 복사 셔틀하고 커피 심부름하고 있을 때였습니다. 대리급 이하 선배들이 열어준 신입사원 환영회에 일이 좀 늦게 끝나는 바람에 약속 시간보다 한 시간 정도 늦게 갔는데, 한 선배께서 후래삼배後來三杯라며 밥공기에 소주를 이빠이 채워서 주십니다. 신입사원의 패기를 보여드리기 위해 주저없이 석 잔을 스트레이트로 '원샷' 해드렸죠. 그랬더니 선배들이 물개박수를 치면서 매우 기뻐합니다.

오오 저놈 좀 봐여.
물건 하나 들어왔구먼.

안주 먹으라고 상추에 고기를 싸서 입에 다가 막 집어 넣어주면서 인간들이 간만에 술고래 만났다고 아주 흥겨워합니다.

계속되는 질펀한 1차 술자리가 끝나고 2차로
골뱅이무침과 번데기에 맥주로 입가심한 다음 3차로
노래방에 가서 신나게 놀았던 것까진 좋았는데, 기억상실.
눈을 뜨니 낯선 곳에 누워 있네요? 정신을 차리고 시계를
보니 아침 7시.

어 이게 머여. 눈을 비비고 차분하게 주변을 살펴보니
노래방에서 완전 떡실신해서 소파 위에 뻗어버렸나
봅니다. 코트 윗단추까지 단정하게 채우고 왼손엔
서류가방, 오른손엔 탬버린. 이마에 뭔가 있는 것
같아서 만져보니 넥타이가 묶여져 있고. 언능 일어나서
출근했습니다. 기념으로 서류가방에다 탬버린 챙겨 넣고.

나중에 동기 선배들에게 이게 어찌 된 일이냐고 물어봐도
아무도 그날 밤 일을 기억하지 못했다는.

18

운전을 하면서 코를 후비는 건 굉장히 위험한 행동입니다.
어쩌다가 마주오는 운전자가 손을 들어 인사라도 하게 되면
당황한 나머지 자기도 모르게 손가락을 코에 넣은 채로 손을

들어 인사를 하는 아주 황당한 경우가 발생하기도 합니다.

아이 아파라 흑흑.

신호 대기중 경건한 마음으로 콧속 반건조분비물 발굴 작업을 성공적으로 마친 후 미건조된 부분을 마저 경화시키기 위해 엄지와 검지 손가락으로 돌돌돌 말고 있었는데, 뭔가 뜨거운 시선이 느껴져 고개를 돌려보니 제 버스 옆에 서 있는 차의 조수석에 앉아있는 금발의 아리따운 할매랑 눈이 마주쳤습니다. 언제부터 저를 지켜봤는지는 알 수는 없었지만 어쨌든 황급히 증거물을 제거해야 하겠기에 당황한 나머지 입으로 집어넣을 뻔. 신호는 왜 이리 안 바뀌는 겨.

이 대목에서 다시 한번 상기해 보는 당황과 황당의 차이점. 버스 뒤에 쭈그리고 앉아서 노상응가 하고 있는데 갑자기 버스가 출발해 버리면 당황 갑자기 버스가 후진해 버리면 황당.

모두들 침착한 하루 되시구요.

19

얼마 전에 같이 일하는 기사분들과 함께 '원탁의 기사단'이라는 비밀결사대를 조직해서 한 달에 한 번씩 회사 근처 중국집 원탁테이블에 함께 앉아서 한잔합니다.

저희가 가는 식당에서는 술을 안 팔고 저희가 따로 준비해야 합니다. 제가 원탁의 기사단에서 제일 막내이고 제일 잘생겼기 때문에 집 근처 주류 판매점으로 고량주를 사러 갔는데 얼마 전까지 한 병에 30불씩 하던게 31불로 올랐네요.

주인장, 네 병을 살 테니 오늘만 30불씩에 해주시오.

목에 칼이 들어와도 그것은 아니 되오. 124불을 내시오.

냉정한 인간 같으니. 돈이 문제가 아니고 이건 단골을 대하는 태도가 아니라 생각되어 대꾸도 안 하고 나와서 다른 집으로 갔는데, 어머 뭐 이런 경우가. 여기선 한 병에 35불을 달라고 하네요.

빡친 마음에 다시 나와서 오래 전 단골집을 향해 15분을 운전해서 달려갔더니 여긴 또 32불. ㅠㅠ

오랜만이오, 주인장. 이러이러 저러저러해서 먼 길을
달려왔으니 부디.
허허허 알겠소. 31불에 가져가시오. 봉투는 공짜로
드리겠소.

힘들다 힘들어. 오래 살려면 성질머리 고쳐야 합니다.

20

금요일 마지막 운행을 준비하던 중 상태가 매우 안 좋게 보이는
남자 인간이 혀 꼬부라진 소리로 공짜로 태워달라 그러길래
원래 회사 규정에는 술취한 사람은 태우지 않도록 되어 있지만
비도 추적추적 내리는 데다가 버스비 없는 인간이 택시비는
있겠냐 싶어서 모른 척하고 태워줬습니다.

얼마쯤 가다가 고등학생 둘을 태웠는데 얘네들이 자리에 앉은
후 문을 닫으려고 하는데 갑자기 문이 안 닫히는 겁니다. 바람
빠지는 소리만 쉬쉬 나고 이래저래 해봐도 도저히 안 되길래
손으로 문 개폐 레버를 당기면서 오른 다리만으로 서서 왼쪽
다리를 쭉 뻗어 마치 태권도 옆차기 비스무레한 자세로 문짝을
발로 툭 밀었더니 스르륵 닫히네요.

방금 전에 탄 고딩 둘이서 앞문 바로 뒷자리에 앉아 있다가,

오예 Oh Yeh!

오썸 Awesome!

그다음 정거장에서도 또 그러기에, 이번엔 돌려차기 자세로
문을 닫았더니 이놈들 좋다고 박수치고 난리가 났습니다.
참고로 고등학생 승객 중 타자마자 제일 뒷자리로 가는 애들은
100퍼센트 길거리에서 침 좀 뱉는 애들이고, 제일 앞 기사
옆자리에 앉는 애들은 대체로 선한 아이들입니다.

이제는 막 신이 나서 막 손님도 없는데 막 일부러 문 열고
옆차기 돌려차기 번갈아 하면서 애들하고 웃으면서 가는데 문득
이상한 느낌이 들어 백미러로 뒤쪽을 보니 아까 공짜로 태워준
그 아재 인간이 경계가 허술한 틈을 타고 싸구려 위스키를
병째로 마시고 앉아 있네요.

다음 정거장에 버스 세우고는 그 인간이 앉아 있는 쪽으로
뚜벅뚜벅 걸어가서는 공손하게 두 눈을 부릅뜨고,

버스에서 음주는 절대로 안 되오니 바로 지금 여기서
내려 주십시오.

싫어 안 내릴끄야. 꺼억~

나름 저항을 하길래 좀 더 단호한 목소리로

아까 제가 발차기하는 거 보셨죠? 지켜보니까 깡술만
드시던데 안주꺼리로 돌려차기 한방 멕여드릴까요?

물어보면서 눈으로 파란색 레이저를 쏴주니까 그제야

아니 저는 두루치기가 좋은데, 돌려차기는 괜찮습니다.
저 뒷문으로 내리면 됩니까? 제가 열고 내리겠습니다.

그러면서 주섬주섬 보따리 챙겨서 내리더군요. 알콜중독
'꽐라'인간을 빗속에 내버려두고는 착한 고등학생들하고 옆차기
놀이 계속하면서 흥겹게 그 주의 마지막 운행을 마쳤습니다.

21

뉴질랜드에서는 1년에 방학이 계절별로 총 네 번 있습니다.
그 방학 기간에는 버스도 감축 운행을 합니다. 버스 승객 중
통학하는 학생들의 비중이 꽤 높기 때문이지요. 그러다 보니

방학 때는 근무 로스터도 바뀌어서 평소에 자주 안 하던 노선을 운행하기도 합니다.

오늘도 평소에 잘 안다니던 노선을 운행하던 중 무심코 오늘 저녁엔 뭘 먹을까? 생각을 하는데 내면의 또 다른 자아가 툭 튀어나와선, 이 모지란 놈아. 다이어트 한다고 저녁 안 먹기로 했잖아!라고 호통을 치길래, 뭔 말을 그리 험하게 하냐? 하면서 두 개의 자아가 분열되어 서로 말싸움이 붙었는데 갑자기 뒤쪽에서 누군가가,
기사양바아안!!! 하고 소리치길래 정신차리고 보니, 왐마, 버스는 노선을 이탈하여 망망대해로 흘러가는 중. 왕복 4차선 도로에서의 유턴은 정밀함보다는 과감함과 신속함 그리고 고도의 집중력이 요구되는 종목이죠.

일단 길 옆에 잠시 버스 대놓고 유턴을 할 기회를 노리고 있는데 버스 밖에선 머리를 산발한 어떤 정신나간 인간이 자기 좀 태워달라고 문을 두드리고 있고, 버스 안에선 아까 정신차리라고 소리질렀던 그 영감쟁이가 이왕 이렇게 된 거 여기서 좀 내려주면 안 되겠냐고 염장을 지르고 있고 저도 모르게 입에서 욕지거리가 튀어나옵니다. 그동안 수많은 유턴과 후진을 해왔지만 정신적으로 이렇게 피곤했던 적은 처음입니다.

22

시골 마을이지만 나름 복잡한 퇴근 시간에 환승 스테이션에서 손님들 태우고 있는데 저 멀리서 긴 머리 인간 하나가 전동 킥보드를 타고는 비듬을 휘날리며 신성한 스테이션을 '슉' 하고 가로질러서 오더니 제 버스에 올라타려고 시도합니다. 마침 버스에 유모차를 두 대나 싣고 있어서 킥보드를 세워둘 공간이 없었을뿐더러 회사 규정상 다른 승객들의 안전을 위해서 접을 수 없는 킥보드는 실어주지 않도록 되어 있어서 두 눈을 부릅뜨고 친절하게 설명을 해주고 있었는데,

갑자기 이 인간이 눈을 네모나게 뜨더니, 다른 기사들은 다 군말 없이 태워주는데 너 따위가 뭔데 지랄이냐! 울부짖고는 오클랜드 교통당국과 저희 회사 그리고 저를 F로 시작하는 단어를 반복해서 써가며 차례로 능욕하면서 내리더군요.

예전 같았으면 당장 따라서 뛰어내려가, 이런 시베리아 개스키 같은 놈을 봤나. 니가 이런 놈인 줄 알고 안 태워주는거다 이 말종아! 이러면서 찰지게 K-쌍욕을 날려줬을 테지만 이젠 며칠 있으면 나이도 한 살 더 먹을 거고, 개가 저를 물었다고 해서 저도 따라 개를 물 수는 없었기에 유서 깊은 클래식한 방법으로 점잖게 웃으면서 대응해 줬습니다.

리플렉스! 반사!

23

아침마다 스쿨버스를 운행할 때면 에너지와 호르몬이 벌컥벌컥 넘쳐대는 열 살 전후의 사내놈들을 가득 태우고 가다 보니 친구들하고 수다 떨고 게임하다가 소리 지르고 이리저리 왔다 갔다 뛰어다니고 손잡이 봉에 대롱대롱 매달렸다가 떨어지고 등등 와글와글 시끌시끌 정신이 아주 몽롱해집니다. 그래서 마음의 평화와 승객들의 안전을 위해 이어폰을 귀에 꽂고 노래를 들으면서 운전을 합니다.

오늘도 신나는 노래 조로록 세팅해서 틀어 놓고 출근길에 길게 늘어서 있는 승용차들을 옆에 두고 버스 전용 차로를 우아하게 질주하는데 마침 자우림의 〈하하하쏭〉이 나오는군요.
어제 야구도 이겼겠다 흥겹게 어깨춤을 덩실덩실 추면서 듣다가 노래 중간 반주 부분 조선의 4번 타자 등장송 파트에서 저도 모르게 한 팔을 번쩍 들고,

빰빰빰빰 빠밤빰. 홈!런! 이 대 호!

외치고 보니 뭔가 좀 이상한 것 같아서 고개를 들어 백미러를 쳐다보니 약 50여 명의 아이들이 일제히 하던 일을 멈추고는 눈을 세모나게 뜨고 저를 쳐다보고 있네요. 무척이나 당황스러웠지만 침착하게 선글라스를 꺼내 쓰고는 나머지 구간 운행을 무사히 마쳤습니다.

약간 어색하긴 했지만 조용해져서 참 좋습디다.
비굴한 인생은 그대에게는 어울리지 않는다네. 당당히 고개를 들게. 친구여, 지금이 시작이라네.

남반구에 살면서 좋은 점 중 하나는 매년 우리 꼴데가 가을에도 야구를 한다는 거죠.

24

부활절Easter 은 크리스마스와 더불어 기독교 국가들의 가장 큰 명절 중 하나입니다. 하지만 하나님의 외아들이 죽음에서 부활해 온 세상을 구원한 걸 기념하는 날의 이름이 기독교인들이 그리 좋아하지 않는 이교도들의 봄과 다산의 상징인 이스터Eostre 여신의 이름에서 나왔다는 사실을 아는 사람은 그리 많지 않습니다.

원래 고대 유럽인들이 추운 겨울이 가고 따뜻한 봄이 와서 만물이 소생하는 것을 축하하면서 다산과 풍요를 기원하던 축제를 로마 기독교에서 슬쩍 빌려와서는 구세주가 부활한 축일로 바꿔치기한 거였죠. 매년 부활절마다 빠짐없이 다산과 풍요를 상징하는 계란과 토끼가 등장하는 것이 바로 그 증거입니다.

뉴질랜드의 부활절 연휴는 춘분이 지나고 첫 보름달이 뜬 후에 오는 첫 번째 주말에 Good Friday부터 시작해서 Holy Saturday와 Easter Sunday, 그리고 마지막 날인 Easter Monday까지 나흘간 이어집니다. 대부분의 학교가 부활절 연휴를 전후로 2주간의 방학에 들어가고 그 부모들도 함께 휴가를 떠나는 경우가 많아 길거리는 아주 한산합니다.

부활절 연휴의 첫날인 Good Friday에는 연중무휴인 대형 마트들도 그날만큼은 법적으로 문을 닫게 되어 있습니다. 주유소를 제외하고는 일반 상점들도 대부분 문을 닫기 때문에 길거리에 차도 없고 사람도 없어서 예수께서 십자가에 못 박혀서 돌아가신 아주 슬픈 날이지만 저 같은 버스 기사가 일하기엔 아주 Very Good Day입니다.

게다가 시급은 평소의 1.5배로 받게 되니 너무 좋습니다. 시급을 평소보다 50퍼센트 더 받고 운전하고 있던 버스 기사가 콧노래 부르면서 한산한 거리를 룰루랄라 운행하고 있는데 갑자기 뒤에서 승객들이 수군대는 소리가 들립니다.

음, 역시 우회전을 놓치고 지나쳤네요. 오늘은 뭐 길거리에 오고가는 차도 없고 해서 휘파람 불면서 한 손으로 여유있게 돌렸더니 뒷자리에 앉아 있던 고등학생들 좋다고 박수치고 난리 났습니다. ㅋㅋㅋ

간만에 유턴하느라 팔을 크게 돌렸더니 뭉쳤던 어깨근육이 풀리면서 아주 개운합니다. 어깨를 돌리면서 퇴근하는데 같이 일하는 한국 기사 선배님이 형수님께선 부활절 행사 준비하시느라 교회에 가셔서 오늘은 집에 안 들어오시니 이런 노마크 찬스를 놓치면 절대 안 된다며, 같이 집에 가서 한잔 하자고 하십니다. 지당하신 말씀이기도 하고 담날이 쉬는 날이기도 해서, 가는 길에 영연방의 자존심 '피쉬 앤 칩스'를 포장해서 따라갔는데, 그 형님 댁에 가서 보니 식탁 위에 포장도 뜯지 않은 와인 한 박스가 떡하니 올려져 있더군요.

불길한 예감은 절대 틀리지 않습니다. 다음 날 아침 제가 그 집에서 나오면서 그 박스를 재활용품 수거함에 집어 넣었습니다. 물론 박스에 빈 병 6개 다 채워서. 와인 과다 복용으로 인한 혼수 상태 및 전신마비 증상으로 하루 종일 변사체놀이 하다가 좀전에 일어났습니다.

목이 칼칼하고 달달한게 땡겨서 냉장고에 있던 포도를 꺼내서
씻었는데 아 도저히 손이 가질 않네요.

포도의 난이 일어났습니다.

25

매년 4월 25일은 뉴질랜드의 현충일 격인 'ANZAC Day'입니다.
그리 길지 않은 역사에서 1차 및 2차대전, 한국전쟁 등 해외
파병에서 아까운 목숨을 희생당한 젊은이들을 기리는 날입니다.

ANZAC Day를 기념하여 마오리 전통음식인 부대찌개를
먹으려고 이곳이 섬나라인 점을 감안하여 특별히 홍합 및 그
육수를 긴급 투입, 이른바 해병 부대찌개 일명 'Marine Stew'를
준비하고 있던 중 문득 떠오르는 에피소드.

ANZAC Day 특집 장편 대하드라마
대두의 전설

때는 바야흐로 꼴데가 마지막으로 우승을 하던 1992년
바로 이맘때, 갓 소위로 임관 후 상무대 포병학교에서

초급장교과정을 이수하고, 수료식 전날 교관님들 모시고 광주 시내 모 호텔에서 사은회를 한 뒤, 전후방 각지로 흩어지면 다시 보기 힘들 동기들과 이별주 한잔을 했습니다.

어디 한 잔만 했겠습니까. 코가 비뚤어지고 필름이 끊긴 다음에 상무대 숙소로 어떻게 돌아왔는지는 기억도 안 납니다. 그다음 날 아침, 수료식 예행연습을 한다고 해서 간신히 일어나서 대충 씻고 정복을 차려 입는데, 아무리 찾아봐도 모자가 안 보입니다?
끊어진 필름을 어렵게 어렵게 복원해보니 간밤에 꽐라된 동기들과 함께 정복 모자로 프리스비 던지기를 하면서 미친놈들처럼 광주시내를 이리저리 휘젓고 돌아다녔던 흔적이 있네요.

아, 망했다!

어쩔수 없이 담당 구대장에게 이 사실을 이실직고를 하러 갔습니다. 너 김형진이, 마지막 날까지 이러기냐! 이러면서 한참 동안 창고를 뒤적뒤적하더니 모자를 하나 찾아서 줍니다.

이게 젤로 큰 거야. 한 번 써봐!

이건 뭐 주전자에 뚜껑 올려 논 거네요. 제가 굉장히 잘 생기기도 했지만 머리도 대단히 큰 스타일입니다.

야, 안 되겠다. 너 그냥 수료식 끝날 때까지 여기 창고에 짱박혀 있어. 어슬렁거리다가 다른 교관한테 걸리면 너나 나나 둘다 작살 나니까 꼼짝 말고 있어!

그래서 결국 혼자 창고 구석에 쭈그리고 앉아 꾸벅꾸벅 졸면서 수료식을 치렀다는 '대굴박'이 커서 '술푼' 짐승의 이야기가 광주 전남 지방에 전해 내려오고 있습니다.

26

영화 〈존 윅〉에 나오는 키아누 리브스가 저랑 캐릭터도 비슷하고 이미지도 겹치는 부분이 많아 저도 지금 머리를 기르고 있습니다. 신비주의 콘셉트 때문에 사진을 공개하지는 않겠습니다,라고 페이스북에 올렸더니 말도 안 되는 소리라는 둥 그런 식으로 관심 받고 싶으냐는 둥 멀리 살고 있는 걸 다행으로 알아라는 둥 생난리가 났습니다.

그렇다면 여러분들께 여쭙겠습니다. 키아누 리브스의
출세작이라 할 수 있는 영화 〈스피드〉에서
승객을 가득 태운 버스 안에 시한폭탄이 장착된 극한 상황에도
불구하고 침착하게 버스를 돌리는 장면은 도대체 누구를
오마주한 거란 말씀입니까?
유턴의 러시아워가 시작된다!

27

환승 스테이션에서 손님들 태우고 있는데 양아치 몇몇이
올라타려고 합니다. 떼거지로 몰려다니는 10대 초반 아이들인데
뒷사람이 계산할 거라면서 우르르 올라타고 나면 마지막에 타는
녀석이 카드를 내밀지만 보나마나 잔액 없는 깡통카드죠.

돈 안 낼 거면 모두 다 내리라고 해도 절대 말 안 듣습니다.
버스에서 술 마시고 욕하고 떠들고 심지어 담배를 피우기도
합니다. 이렇게 무임승차로 동네 쇼핑몰을 왔다갔다 하면서
여기저기서 물건을 훔치기도 하고 난장판 만드는 등 아주
쓰레기 같은 것들이죠.

오클랜드 교통국에서는 기사들의 안전을 위해 그런 종자들하고

충돌하지 말고 못 본 척 태워주라는 지침을 내려줬지만 대한의 꼰대에겐 어림 반푼어치도 없는 말씀.

돈 안 내면 안 태워준다. 카드 먼저 보여줘라.

버스 앞문 앞에 가로막고 서서 단호히 얘기했지만 녀석들이 막무가내로 비집고 올라타려고 합니다. 앞자리에 앉아 계시던 할배 승객이 보다 못해 질서를 지키라고 호통을 쳤지만, 오히려 그 할배에게 쌍욕을 하기 시작하더군요.

갑자기 안압이 확 치솟아 올라서, 니덜은 100불을 내도 안 태워줄 꺼니까 저리 꺼져!* 이 양아치 같은 것들!

그러자 이 자식들이 저한테도 쌍욕을 해대면서 옥신각신 말싸움 몸싸움이 붙어 난리가 났습니다.

뻐킹 아시안! 고 백 투 유어 칸츄리!

분노 게이지가 '이빠이' 상승했지만 영어가 짧아 말로는 도저히 상대가 안 되겠기에, 드디어 에네르기파를 쓸 때가 온 것인가

---

* 원래 100만 불이라고 말하려고 했는데, 원밀리언 대신 원헌드레드가 먼저 입에서 튀어나오는 바람에 본의 아니게 대폭 할인이 되고 말았습니다. 모양 빠지게.

하고 고심하고 있던 차에*, 이런 사발라면 같은 ㅅㄲ들! 하는 외침과 함께 쿵쿵쿵 뛰어오는 소리가 들려 뒤를 돌아보니 먼저 타고 있던 승객들 중 근처 마트에서 일하는 등빨 좋은 마오리 언니야가 가제 옆으로 성큼성큼 달려옵니다.

> 이런 싹퉁바가지 없는 XX새끼들 저리 안 꺼져! 배때지를 쫙 갈라불고 창새기를 확 끄집어내서 아작아작 씹어먹어 불랑게.

한 30초 동안 쌍욕 기관총이 난사되는 동안 그 기세에 눌렸는지 양아치 녀석들은 슬금슬금 뒷걸음을 치더니 다들 저 멀리로 사라져버리더군요. 그 언니야가 저에게 살짝 윙크하면서, 기사오라방 괜찮으시죠? 하길래 저도 눈썹 두 번 튕겨주면서 평생 무료 탑승권 및 명예 BTS회원증을 증정해 줬습니다.

아마도 먼 옛날 중국 당양파에서 단기필마로 조조의 군사들과 싸우던 조자룡이 장판교에서 장비를 만났을 때의 심정이 바로 이렇지 않았을까 합니다.

---

* 어떤 경우에도 승객의 몸에는 절대 손을 대면 안 되도록 규정되어 있어서 에네르기파가 가장 효율적인 대처법입니다. 장풍.

28

쉬는 시간에 휴게실에서 노닥거리고 있는데 지사장님께서 근엄한 표정으로 잠깐 보잡니다. 지사장실로 따라가 보니 본사에서 온 듯한 봉투를 쓱 내밀길래 '아 드디어 올것이 왔구나.' 보통 뉴질랜드의 기업체에서는 말로 해도 될 것 같은 내용들을 편지의 형태로 적어서 전달하는 경우가 많습니다.

이 봉투가 그간의 엽기적인 유턴 행각에 대한 최후 통첩 경고장일지도 모른다는 생각이 들어 손을 부들부들 떨면서 열어보니 어, 이게 머여. 이번 달 최우수 기사Top Driver로 선정됐다는 통보와 함께 100불짜리 상품권이 들어 있네요. 뉴질랜드의 모든 버스 회사에서는 난폭운전을 예방하기 위해 버스 운행시 과속 급출발 급정거 급회전 등을 모니터링해서 잘하는 사람에겐 포상을, 못하는 사람에겐 페널티를 부과합니다. 저희 회사에서는 일정 기준 이상을 달성하면 인센티브를 주급에 포함해서 지급하고 그중 성적이 제일 좋은 사람을 매달 1명씩 선정해서 별도의 상금을 지급합니다.

그 참 희한한 일 아잉교 브 기사님, 그래 빠스를 돌려쌌고 그래 빠꾸를 해쌌는데도 운행 고과가 이래 좋은 건 도대체 우예된 깁니꺼?

돌려차기를 날리길래 저도 지지 않고,

꼴데가 팀타율 팀방어율 등 모든 지표가 개떡인데도
9연승 달리고 1위에 올라 있는 것과 같은 이치입니다
대장님.

꼬르떼가 먼교? 혹시 묵는 거면 같이 노나 뭅시다.
그른 게 있심더. 봄에만 날라다는 이상한 야구 팀 있다
아입니꺼. 지는 이자 고마 가볼랍니더 마이 파이소.

제가 만날 길 잃고 유턴해싸코 손님들하고 쌈박질만 하는 거
같아도 대한 꼰대의 자존심을 지키기 위해서라도 운전만큼은
또 쌈빡하게 한다 아입니까. 2023년 4월에 이어 5월에도 Top
Driver 2연패. 3년 조금 넘게 Go Bus에 근무하면서 해밀턴에서
2번 오클랜드에서 2번 총 4번 1등 먹었으니 뭐 이 정도면
한국인 버스기사 자존심은 세워준 거죠? 유턴 얘긴 잠시
접어두시구요.

29

휴가차 한국에 다녀오는 길에 인천공항에서 체크인 하려고

하는데, 한국인 안내요원이 저를 보더니만 오클랜드 가시는 거 맞습니까?라고 영어로 물어봅니다. 엉겁결에 저도 예스 암 고잉 투 오클랜드. 그러자 다시 또 영어로 무인 체크인 하는 거 도와드릴까요? 노노 아임 한국새럼
한국말 한국말 플리즈.

오늘 아침. 오클랜드 공항 입국수속 창구에서 건장한 마오리 총각이 완벽한 한국발음으로,

식사하셨습니까 행님.
암 퐈인 땡쓰 앤듀?

나는 누구고 여기는 어디인 것인가.

30

오늘 크게 한 건 했습니다. 날씨도 꾸물꾸물 비님이 왔다갔다 하니 지난 주부터 미뤄왔던 부대찌개를 오늘은 기필코 끓여 먹고 말리라 굳은 결심을 하고는, 일 끝내고 집에 가기 전에 회사 휴게실에서 버스 인더스트리의 미래와 우리의 나아갈 길에 대해 동료아재와 잠깐 담소를 나누고 있었는데 갑자기

카운터에서 다급한 소리가 들립니다.

브 기사님 브 기사님, 이거 어떻게 된 거죠? 이리로 빨리 와보셈.

뭔 일인가 가보니, 어머 이런 정신 나간 넘. 마지막 트립을 홀랑 빼먹고 그냥 들어와버렸네요. 계왕권* 10배의 스피드로 날라가서 간신히 수습하고 회사로 돌아와 카운터에 결과를 보고하러 갔는데, 옴마, 마침 지사장님이 떡허니 앉아 계시네요. 눈을 마주치지도 못하고 쩔쩔매고 있는데,

갠잔애유, 브 기사님, 히히. 살다 보면 그랠 수도 있쥬 뭐. 히히히. 그래도 집에 안 가버린 게 어디예유. 히히히히.

아마도 충격이 너무 커서 완전히 돌아버린 모양입니다. 그건 그거고 부대찌개를 먹기로 결심했으니 Show must go on.

31

그래도 한국사람들은 적어도, '아이 엠 톰. 유 알 제인. 하우

* 〈드래곤볼〉에 나오는 기술로 제대로 되면 힘과 스피드, 파괴력, 내구력이 증가한다.

알 류. 아임 화인 땡쓰 앤듀' 이 정도는 하지 않습니까. 근데
이느므 중국 인간들, 영어라곤 단 한마디도 몬하면서 영어권
나라에 '혈혈단신' 쳐들어오는 기상과 패기는 도대체 어디서
나오는 걸까요.
오늘도 마지막 운행을 앞두고 머리 안 감아서 떡진 인간이 하나
올라타길래 긴장의 끈을 놓지 않고 있었는데 아니나 다를까
차선 바꾸려고 이리저리 살펴보고 있는데, 갑자기 이 인간이
제 눈 앞에다가 자기 폰을 들이대더니
어버버버버버 하는 겁니다.

자기가 하는 곳을 저한테 확인하려고 그런 것 같은데, 너무
놀래서 저도 모르게 한국말이 튀어나옵디다. 이런 ㅅㅂ, 저리
치워! 다행히 알아들었는지 어쨌는지 조용히 자기 자리로
가서 앉습니다. 내장 깊은 곳에서 올라오는 분노의 빡침을
다스려가며 가는데, 어 이게 머여. 길이 낯설다? 아, 망했다.
그 인간 땜에 좌회전을 놓쳤네요. 간만에 유턴 한 방 때리고
종점인 페리 터미널에 내려주니까 천진난만하게 실실 쪼개면서,
상큐 상큐 상큐 상큐. 이러네요. 그래 고마워야지. 마이 고마워
해야지.

아이고야. 동방예의지국에서 태어난 사람이자 공공복지서비스를
제공하는 대기업의 일원으로서 승객의 웃는 낯에 침을 뱉을 순

없고 해서 저도 활짝 웃으면서
한마디 해줬습니다.

쓰판러마?

32

아침마다 환승스테이션에서 만나는 아주 예쁜 언니야가 있는데
매번 저보다 먼저 출발하는 차를 보내고 항상 제 버스에
올라탑니다. 그 이유가 궁금하던 차에 오늘 아침에도 똑같이
그러기에 용기를 내서 물어봤죠.

이보시오, 낭자. 조금 전 출발하는 버스를 타시면
목적지에 3,4분이라도 먼저 도착할 터인데, 굳이
기다렸다가 제 버스를 타시는 이유를 물어봐도 되겠소?

아, 예 기사님, 다름이 아니옵고 기사님이 모는 이
버스를 타게 되면 근무시간 바로 1분 전에 회사에 도착할
수 있기에 소녀 회사에 너모 일찍가는 걸 원치 않는
까닭이옵니다.

흠, 부끄러운 마음에 말은 이렇게 했지만 저를 흠모하기
때문이라는 걸 아주 잘 알고 있습니다.
이느무 끊임없는 여복은 참.
네, 잘못했습니다.

33

한적한 주택가를 운행하던 중, 간만에 구름 한 점 없는 아주
쾌청한 날씨군! 하고는 그런데 왜 구름은 한 점 두 점 하는
걸까. 고기도 아닌데 궁금해하다가 오늘 저녁엔 삼겹살이나
구워서 호로록 입맛 다시는 순간, 어 이게 머여. 우회전 해야 할
곳에서 좌회전을 해버렸습니다.
흠, 손님도 없겠다, 오고가는 차도 없겠다, 저기서 돌리면
완전범죄. ㅋㅋㅋ 하면서 능숙하게 쓰리포인트 턴으로
돌아나오는데, 헐 반대쪽에서 신삥이가 운전하는 버스가
쌍라이트 깜빡 쏘면서 다가옵니다. 제가 돌리는 걸 봤는지 못
봤는지 이늠이 씨익 쪼개면서 지나가네요. 무전기로 물어볼
수도 없고 참 답답합니다.

이 친구 노선교육Route Training 해줄 때 본 교관이 우리 지점
Top Driver라는 점을 여러 차례 강조했었는데 힝.

유턴하기 참 좋은 날씨군.

34

예전에 스시집에서 일할 때 아침장사 준비 끝내고 이제 막 문을 열었는데 앞니가 두어 개 없는 할배가 헐레벌떡 들이닥치더니,

보소 아재요. 여여 미역 있능교?
머라꼬예?
미역 미역. 미역 안 파능교?
아 미역은 없고예, 다시마 넣어가 미소장국은 끼리드릴께예.
머라카노?

하고는, 으어억 외마디 비명을 지르면서 가게 문을 뛰쳐나가버리네요. 나중에 알고 보니 Milk를 찾는 거였더군요. ㅋㅋㅋ.

이 대목에서 오늘의 영어. 위의 예문과 같이 Milk는 '밀크'라 발음하지 않고 '미역'처럼 발음합니다. Hulk 역시 '헐크'가 아니고 '허억', Film도 '필름'이 아니고 '퓌엄', 다 같이

따라해보세요.

미역

허억

퓌엄.

35

이곳으로 이민 온 다음 날 폰 개통하러 가서 상담을 하는데, 창구직원이 자꾸만 '다타' 어쩌구 다타 저쩌구 그럽니다. 이느므 자식이 도대체 뭐라는 겨? 다 타긴 뭘 다 타. 다 태우고 어딜 가겠다는 거여. 아 혹시 교통카드 기능이 내장되어 있다는 겐가.

용기를 내서 다타가 뭐냐고 물어봤더니,

다타를 모른다굽쇼, 다아타아. 디이 에이 티이 에이. 아뿔싸, 이런! Data를 얘기하는 거였습니다. 영국이나 뉴질랜드 방면으로 여행이나 출장 가시는 분들, 걔들한테 데이타라고 말하면 몬 알아묵습니다. 다타 혹은 다이타라고 말씀하시이소.

대기업에 근무하는 재력가임에도 불구하고 절대 불필요한 곳에

돈을 낭비하지 않는 알뜰살뜰한 성격의 '자린고비' 김형진 선생은 평소에 통화를 할 일이 거의 없기에, 가장 저렴한 선불폰 플랜으로 가입하고 싸게 파는 다타를 따로 사서 슬기로운 페북생활을 하는 데 씁니다.

36

BTS 걸프하버 지부장 누님 만날 때 마다 반갑게 인사하시는 건 물론 버스에서 내릴 때마다 꼭 사탕을 한 개씩 주십니다. 저한테만 주시는 줄 알았더니 모든 기사들에게 다 주신다는군요. 왜 매번 사탕을 주시냐고 여쭤봤더니 버스를 하루에도 여러 번 타는데 매번 공짜로 타는 게 넘 미안해서 그렇게 한다고 하십니다. 국민소득이고 경제력이고 다 필요 없습니다. 이런 분들이 많은 나라가 선진국입니다. 어제는 휴일에 땜빵근무 하느라 고생 많다며 두 개 주셨음.

오늘 마지막 운행을 하는데 너댓 살 정도 되어 보이는 중국아이들 자매가 올라탑니다. 둘이서 제 옆자리에 앉아 꽁알꽁알 대는게 넘 귀여워서 마침 BTS 누님이 주신 캬라멜을 집어 들고는, 이거 한 개밖에 없는데 누가 먹을래? 그랬더니 동생이 숨도 쉬지 않고 자기가 먹겠다고 합니다. 조금 가다가 돌아보니 언니가 그걸 입으로 집어넣고 있네요. 도대체 이게 뭐지! 언니가 뺏어 먹는 건가? 하면서 백미러로 지켜보니 언니가 끙끙대면서 이빨로 끊어서 반쪽을 동생에게 주네요.

두 자매가 그걸 반쪽씩 두 손에 쥐고 다람쥐처럼 핥아먹는 모습을 바라보다가 하마터면 종점 스테이션 지나쳐서 하염없이 멀리멀리 저 멀리 갈 뻔했습니다. 너무너무 귀여운 아이들. 다음에 또 만나면 한 봉지씩 줘야지.

37

관찰력과 암기력이 뛰어난 저는, 제가 운행하다가 마주쳐 지나가는 저희 회사 버스들의 노선 번호와 그 운행 시간대까지 다 꿰차고 있습니다.

날씨 좋은 토요일 오후 손님도 없고 차도 없고 해서 룰루랄라 모드로 운행하고 있는데, 며칠 전에 제가 노선교육 시켜줬던 신입이가 운전하는 버스가 마주쳐 지나가네요. 어, 저 버스가 이 시간에 여길 지나갈 리가 없는데 신입이가 뭔가 헷갈렸나보군. 그럴 수 있지, 픕 하고는 가던 길 계속 가는데, 다른 버스가 한 대 또 지나가면서 운전하고 있던 영감쟁이 기사가 저를 보면서 손가락으로 위아래를 가리키며 뭐라뭐라 합니다.

뭐라는 거여, 벌에 쏘였나 퓹! 그나저나 저 버스도 지금 지나갈 시간이 아닌데 하는 순간 판단력과 계산력이 뛰어난 저는 두 사람이 동시에 실수를 했을 확률과 제가 길을 잘못 들었을 확률에 대해 잠시 생각해본 후, 재빨리 유턴할 포인트를 찾았습니다.

길도 넓고 오고가는 차도 별로 없어서 큰 고난과 역경없이 성공적으로 버스를 돌린 후 승객들의 눈치를 살피려 백미러를 쳐다보니 다행히 아무도 눈치채지 못한 것 같더군요. 종점에 도착해 다들 내리는데 손님 중 보행기를 쓰는 할배가 내리면서, 여보시오 기사양반, 버스가 유턴하는데도 내 보행기는 조금도 흔들리지 않더군. 대단한 테크닉이오, 허허허.

문해력과 꼰대력이 뛰어난 저는 이걸 칭찬으로 접수했습니다. 퓹, 제가 누굽니까. 연쇄유턴마 아닙니까.

38

때는 1988년. 모 대학 유기화학 실험실. 눈 풀린 '도른 자'

4명이 한 조에서 실험하는 중, 그날의 과제는 인스탄트커피에서 카페인 추출. 비교적 쉬운 실험이라 다른 조는 일찌감치 끝내고 다들 집에 갔는데 '도른자조'만 아직도 결과가 안 나오고 있음.

뭔가 잘못 됐나 싶어 조교님께 양해를 구하고 다시 세팅해서 추출하는데 그래도 안 나옴. 열받은 조교님이 다시 해보자며 커피 가져오라 그래서 갖다 드렸더니 꽝 하고 커피병을 테이블에 패대기치고는 말없이 나가버리심.

맥스웰하우스. 부드러운 디카페인. 커피병을 살펴본 도른자들은 일제히 그 커피를 사온 도른자를 뭉게고 짓밟아 디카페인으로 만들어버림.

어처구니 없는 녀석 아닙니까. '화악과'의 전설이구요.

39

오클랜드 교통국 홈페이지가 해킹을 당했습니다. 사건 발생 후 열흘이 지났지만 복지국가 뉴질랜드답게 아직까지 수습이 채 안 되었고 일부 기능만 돌아간다고 합니다. 뉴질랜드의 교통카드는 '선불충전식'이라 해킹으로 인해 충전을 못한 승객들은 모두

무료로 태워주고 있었죠.
어딜 가나 얌체 같은 인간들은 존재하는 법 이 틈을 타고
카드에 잔액이 있음에도 불구하고 충전 못 했다고 '뻥까고'
무임승차하는 인간들이라니, 요걸 가만히 놔두면 대한의
꼰대가 아니죠. 딱 봐도 '얌체' 같은 늠이 카드를 흔들면서 충전
못했는디요, 브로. 그러기에,

아 그러셔, 단말기에 카드 대보셔.
네 머라굽쇼?
카드 대보시라구요.

삐익, 하면서 결제가 됩니다

되네, 땡큐 브로. 풉.

충전을 못했다던 인간의 얼굴이 노랗게 '풀충전'됩니다. 오늘
아침에만 다섯 명 잡았습니다. 착한 손님들 말고 행실이 맘에
안드는 인간들만 골라서. 대한꼰대 만셉니다.

40

Hibiscus Bus Station. 저희 동네 모든 버스들의 출발점이자

도착점입니다. 당연히 노선에 따라 승하차 플랫폼이 정해져 있고 해당노선의 버스만이 그 플랫폼에 정차할 수 있습니다. 그런데 스테이션의 출입구 쪽에 있는 저희 회사 플랫폼에 다른 회사에서 운영하는 노선의 버스가 자주 정차하길래 자기네 자리 텅 비어두고 왜 그러나 했더니 그 자리가 화장실 가기 편해서 그런다고 하네요.

한가한 시간에야 이해해줄 수 있지만 오고 가는 버스가 많은 바쁜 시간에 자리를 차지하고 기사가 화장실 가버리면 다른 버스들의 동선이 꼬여버리고 출입구가 막혀서 들어오지도 못하고 나가지도 못하는 아주 난감한 상황이 연출됩니다. 회사를 통해 여러 차례 항의를 한 결과 최근에는 많이 개선이 되었는데 유독 몇몇 똘아이들이 아직도 그 짓거리를 합니다.

어제도 한참 바쁜 시간에 다른 회사 버스가 저희 플랫폼에 세워져 있어서 타고 있던 손님들 내려주지도 못하고 어떤 인간의 짓인가 지켜보고 있었더니, 아니나 다를까 매번 거기에다 세우는 뚱땡이시키가 화장실에서 뒤뚱뒤뚱 기어나오네요.

너무나도 빡친 나머지 가운데 손가락으로 윗쪽을 가리키면서 하늘이 두렵지 않느냐는 제스처를 취했더니, 이 자식이 코를

씰룩거리면서 버스를 빼더니만 조금 있다가 제 버스에 훌쩍 올라타서는, 다른 기사를 존중해야지. 그게 뭐하는 짓인가 ㅅㅂ. 이러면서 씩씩거리는 겁니다.

레이세포처럼 무섭게 생긴 늠이 흥분해서 달려들길래 잠시 쫄았지만 여기서 밀리면 모양 빠지겠다 싶어서 점잖은 하지만 위엄에 찬 목소리로, 이보게 지정된 장소에 정차를 하지 않고, 자네 혼자 편하겠다고 거기에 버스를 대면 다른 버스들은 도대체 어찌 하란 말인가. 자네가 존중을 받고 싶으면 먼저 다른 사람들을 존중하기 바라네,라고 준엄하게 꾸짖고 싶었지만 이걸 영어로 말하려니까 동공이 풀려서 그냥 이 버스 타고 갈 거 아니면 내려주세요. 안 그러면 회사에 리포트하겠습니다,라고 공손하게 말해줬죠.

버스에 올라타서 기사를 위협하는 행동을 제가 회사에다 꼰지르면 그게 바로 저쪽 회사 매니저에게 전달되고 그다음 날 아침에 이 도라이는 무릎 꿇고 손들고 있어야 하거든요. 버스 안팎에 있는 CCTV가 영상은 물론 음성녹음도 되기 때문에 '빼박캔트 꼼짝임파서블'입니다.

이 시키가 쭈뼛쭈뼛 내리더니만 버스 옆에 서서 뭐라뭐라 궁시렁대길래 문 닫아버리고 개무시 했더니 이 자식이 단단히 열을 받았는지 중얼중얼 하면서 버스 주위를 왔다갔다 하다가 앞유리창을 주먹으로 뻥 때리고는 사라집니다. 그래봤자 니 주먹만 아프지, 버스는 안 아파 이 인간아.

잠시 후 출발시간이 다 되어 시동 걸고 있는데 이제 흥분이 가라앉아 잘못을 깨달았는지 아니면 회사에 리포트한다는 말에 쫄았는지 이놈이 제 버스 앞문 옆쪽으로 와서는 두 손을 모으고 미안하다는 제스처를 하길래, 코딱지 후비는 척하면서 가운데 손가락으로 다시 한번 뻐꾹 날려주고는 출발해버렸습니다.
오늘 같은 시간에 스테이션에 와서 보니 레이세포가 자기네 플랫폼에 잘 정차해놓고 다소곳하게 자리에 앉아 있네요.
진작에 그럴 것이지, 이런 화상 같은 인간.

41

대학 신입생 시절. 그들의 사상과 철학에 매료되어 이른바 주사파에 입문한 이래* 30년이 넘도록 매일 저녁 끊임없이 간헐적 음주를 반복하다가** 어디서 주워들은 건 있어서 간에서

* 술 酒 죽을 死. 이러다 죽겠다 싶을 정도로 술 쳐먹는 인간들. 당시 유행하던 주체사상과는 아무런 관련 없음.

** 여기서 간헐적이란 간이 헐도록 술을 퍼먹었다는 얘기임.

지방을 좀 빼야겠다 싶어 변형된 간헐적 단식을 시행했는데*
놀랍게도 약 4주만에 근손실 전혀 없이** 약 여덟 근가량을
감량하고 뿌듯해하는 것도 잠시 극도의 공복감으로 인해 고전압
경고문의 Voltage가 너무나도 좋아하는 볼태기 찜으로 보이는
신기루 현상을 체험하고 있는 집술 김형진 선생.

어쨌든 건강도 챙길 겸 비키니 시즌을 맞아 초식남이 되기
위해 야채 과일 위주의 식사를 한 지 약 한 달쯤 됐습니다.
잠자는 시간도 최대한 늘려 하루에 적어도 일곱 시간은 자려고
노력합니다. 덕분에 몸도 가벼워지고 머리도 맑아졌는데 그래서
그런지 요즘은 노선이탈도 하지 않고
정거장을 그냥 지나치는 일도 없어서, 유턴이나 빠꾸를 하는
일이 지난 몇 주 동안 단 한 번도 없었습니다.

사장님이 잠깐 보자 그래서 올라갔더니, 왜 요즘은 안 돌리냐고,
어디 안 좋은 거 아니냐고 잠깐 좀 쉬는 게 어떻겠냐고 합니다.

이야호 내일부텀 일주일간 휴가입니다.

---

* 변형된 간헐적 단식이란 아침 굶고 점심 쪼끔 먹고 저녁엔 배가 터지게 처먹은 다음에 입이 심심해지기 전에 일찍 자버림. 놀랍게도 효과가 있으나 함부로 따라하다가 생기는 부작용은 책임 못짐.

** 뼈와 살로 이루어진 신체구조라 온몸에 근육이 거의 없기 때문에 근손실이 있을 수 없음.

42

지난 주말 저녁, 평화로운 뉴질랜드의 한 당구장에 만취한 4인조 괴한이 갑자기 들이닥쳐 약 두 시간 동안 난동을 부렸다고 합니다. 당구장 주인 폴 뉴먼(가명) 씨의 말에 의하면 버스기사로 보이는 4명의 아재들이 소리지르면서 싸움을 하는 줄 알았으나 자세히 들여다보니 매번 칠 때마다 서로 자기 순서라고 우기는 거였다고.

너무 시끄러워서 경찰을 부를까 하다가 그 꼬라지가 하도 웃겨서 그냥 오랜만에 '개콘' 보는 셈치고 지켜봤다고 합니다. 이 사건의 전말과 4인조의 신상은 그 시각 당구장에 있었던 목격자들의 증언을 통해 그다음 날 한인교회 및 한인마트를 중심으로 한국커뮤니티 전체로 삽시간에 전파되었는데 피의자 중 한 명인 박모 씨는,

> [음성변조]
> ㅇㅇ교회에 20년을 다녔는데, 이제 더이상 쪽팔려서 못 다니겠어요. 불교로 개종할까 고민중이예요,라며 그날의 만행을 깊이 후회하고 있다고 합니다.

43

꾀병은 21세기 현대의학으로도 아직까지 그 원인과 치료법이 밝혀지지 않은 치명적인 질병입니다. 일하던 중이라도 그 증상이 의심될 경우에는 승객들이나 동료들에게 전염될 우려가 있으니, 즉시 조퇴를 하고 격리조치를 취해야만 합니다.

동의보감에 따르면 꾀병은 완치가 불가능한 역병이지만 제철 치킨과 신선한 포도즙을 충분히 섭취하면 그 증상이 상당히 호전된다고 합니다. 올해분 병가sick leave가 아직 8개나 남아서 이걸 언제 다 쓰나 생각하니 머리가 아파서 죽을 것 같습니다.

안 쓰면 똥 되는데 말입니다.

44

[연말 특집 장면 대하 드라마] 시벨룽겐Sibelungen의 노래

제가 몇 번 포스팅 한 바 있지만 이 평화로운 시골 마을에도 쓰레기 양아치들이 제법 있습니다.

주로 10대 중후반 고삐리들인데 떼거지로 이리저리 돌아다니면서 마트나 상가에서 뽀리질하고 다니면서 주로 버스를 이용해 이동 또는 도주를 하는데 무임승차를 시도하거나 차 안에서 떠들고 싸우거나 음주 혹은 심지어는 흡연까지 하는 상황을 자주 연출합니다.

회사나 오클랜드 교통국에서는 기사들의 안전을 위해 못 본 척하고 그냥 넘어가라는 지침을 내렸지만 '아재력' 충만한 대한의 꼰대가 그런 꼴을 가만 보고 있을 수가 없죠. 저한테 걸리는 족족 '아작'을 내버리고 버스에서 질질 끌어내 쫒아내 버리니까 이것들이 이제 저만 보면 슬슬 피합니다.

오늘은 일요일이자 크리스마스 이브. 저녁 때가 되자 다들 집으로 혹은 파티장으로 갔는지
텅 빈 거리를 빈 차로 왔다 갔다 하는데, 저 멀리 정거장에서 못 보던 양아치 셋이 다리를 떨면서 버스를 기다립니다.
신흥세력인가 봅니다. 순간 저런 애들 태워줘 봤자 좋을 거 하나 없으니 안 태우고 그냥 지나칠까 하다가 오죽 갈 데가 없으면 오늘 같은 날 저러고 있나 하는 측은지심에 버스를 세웠습니다.

고3 때 학력고사 전날 아리까리한 문제가 나오면 무조건 첫 번째 찍은 게 정답이라고 강조하시던 담임선생님의 말씀이

옳았습니다. 그냥 지나갔어야 했습니다. 이 인간들이 버스에 올라타는데 휴대용 스피커에서 나오는 노래 소리가 귀를 때립니다. 정중하게 두 눈을 부릅뜨고 스피커를 꺼달라고 얘기했는데 대꾸도 안 하고 뒷자리로 가면서 볼륨을 더 크게 올리네요.

이 '시벨룽겐'들이 겁대가리 상실하고 잠자는 꼰대의 수염을 건드리는구나. 이 개아들로무스키들. 욕은 한국말로 해야 감정이입이 잘 된다는 선배님의 조언대로 전통적인 K-쌍욕으로 일단 운을 띄운 다음에 벌교 출신 군대 동기놈한테 배운 랩을 약 15초간 때려 박았습니다.*

눈까리를 확. 짱아찌를 만들어 버리… 창새기를 확 끄집어… 줄넘기를 해버리기 전에 스피커 꺼라, 이 3대가 망할 놈들아. 확 조사불랑게.
역시 잘 통합니다. 이 시벨룽겐들이 당황하는 표정이 역력하더니 스피커 볼륨을 낮추더군요. 버스 안에 평화가 찾아오고 잠시 후 환승 스테이션에 도착했는데, 버스를 플랫폼에 대자마자 스피커 볼륨을 '이빠이' 올리고 건들거리면서 욕지거리를 하기 시작합니다.

---

* 자전거 타는 거랑 똑같습니다. 한번 제대로 배워놓으면 한동안 안 하더라도 상황이 발생하면 다 기억이 납니다.

예상했던 상황이기에 전혀 당황하지 않고 버스를 다시 빼서 스테이션을 한 바퀴 돌았습니다. 그랬더니 역시 예상대로 비상용 출입문 개폐 버튼을 눌러대기 시작합니다. 근데 그게 버스가 움직이는 동안은 작동을 안 하거든요.

내려달라고 울부짖는 걸 모른 체하고 스테이션을 계속 돌았습니다.
한 바퀴. 두 바퀴.
내가 버스 회전 전문가라는 거 몰랐지, 이 자식들아. 하루 종일 할 수도 있어. 다섯 바퀴쯤 도니까 이놈들이 고개를 숙이더니 드디어 노래 소리를 끄고 조용해집니다.

진작에 그럴 것이지, 사발라면 같은 ㅅㄲ들. 버스를 플랫폼에 대고 문을 열어주자 호랑이굴에서 풀려난 쥐새끼들 마냥 뛰어내리는데 마지막 시벨룽겐이 무척이나 억울했던 듯 저를 쳐다보면서 '뻑큐'를 날리길래, 이 역시 예상했던 상황이라 얼른 문을 닫아버렸더니 이 자식이 급하게 내리다가 닫히는 문짝에 발이 걸려서 먼저 내린 두 놈들 위로 포개지더군요.

꼴통 꼰대 무서운 줄 모르고 개기는 양아치들에게 잊지 못할 크리스마스 이브의 추억을 만들어 줘서 매우 뿌듯합니다.

45

지난번에 직접 말린 실외기를 넣고 만든 코다리찜이 공전의 히트를 기록하는 바람에 자신감을 갖고 다시 한국마트에 가서 무를 하나 집어서 계산대로 갔는데, 제 앞에 서 계시던 할매가 자기는 무청은 필요 없으니까 잘라달라 그러시네요.

그 말이 채 끝나기도 전에 그 무청 제가 가져갈게요 했더니 계산대 언니가 씩 웃으면서 옆에 있던 다른 무청까지 챙겨서 봉다리에 담아줍니다. 나는 무는 필요 없으니까 무청만 가져가면 안 되겠냐고 물어보려다가 아무래도 조금 위험할 것 같아서 꾹 참았습니다.

그런데 아무리 생각해도 그 계산대 언니가 저를 남몰래 사모하는 것 같습니다. 무청을 챙겨 주는 것도 그렇고 다른 직원들이 사모님 사모님 하고 부르더라구요.

46

뉴질랜드의 야구 역사는 그리 길지 않습니다. 프로야구 해태 타이거즈의 창단 멤버였던 조충열 선수가 은퇴 후 이 나라로 이민을 와서 초창기 야구 보급에 많은 공헌을 했다고 합니다. 지금은 지역사회 야구팀도 많이 생겼고 Auckland Tuatara라는 프로야구 팀도 하나 있어 호주 리그에 '낑겨서' 활동하고 있습니다. 사진은 집에서 그리 멀지 않은 공원에 있는 소프트볼 스타디움입니다. 여기서 유소년부터 사회인까지 소프트볼이나 야구 경기를 하고 그 옆에는 잘 정비된 연습구장도 10개가 넘게 있습니다.

럭비나 축구에 비해 이 나라에서는 상대적으로 비인기 종목에 속하는 야구에도 이렇게 많은 인프라를 투자하고 있는 여유가 정말 부럽습니다. 한국에서 한때 사회인 야구를 하고 다닐 때 운동장을 구하지 못해 설움 받은 게 아쉬워서라도 얘네들 하고 같이 야구를 하고 싶긴 하지만 제 포지션이 포수인데 요즘은 잠깐 앉았다가 일어나도 저도 모르게 '에구구구' 소리가 나기에 조금 더 신중히 생각해봐야 할 것 같습니다.

한국엔 '엘꼴라시코'라고 있죠. 한국 프로야구 전통의 막장 라이벌 LG 트윈스와 꼴데 자이언츠의 야구 경기를 빙자한 슬랩스틱 시트콤 씨리즈 말입니다. 스페인의 명문 축구 클럽 FC 바르셀로나와 레알 마드리드 간의 유서 깊은 라이벌 매치인 엘 클라시코El Clasico에서 유래되었어요. 실력도 안 되는 것들이 둘이만 만나면 월드시리즈 매 시즌 16~19회 에피소드씩 30시즌 넘게 절찬리 방영 중이죠. 단 가을에는 절대 방영되지 않는 것이 특징이구요, 에혀.

9회말 투아웃에 내야 플라이 한 개만 잡으면 게임 끝나는 걸 꼴데의 돼지 1루수가 그걸 잡았다가 떨구는 바람에*

동점 내주고 연장까지 질질 끌려가서 결국 역전패.
마무리 투수로 나온 꼴데 강상수가 어떻게든 시간을 끌어서 무승부로 만들려고 공은 안 던지고 5분 동안 신발끈만 묶었다 풀었다 하다가 심판한테 혼나고는, 결국 '캐논 히터' 김재현한테 끝내기 홈런** 등등 눈 뜨고 보기 힘든 초대박 에피소드가 부지기수예요.
얼마 전 LG 트윈스가 오랜 침묵을 깨고 무려 29년 만에 한국 프로야구의 왕좌에 올랐습니다. 사촌이 배가 아파서 땅을 산 케이스와 비슷하지만 어쨌든 사나이답게 LG 트윈스의 우승을 축하합니다. 아무쪼록 우리 꼴데도 내년 시즌엔 단디 해가 가을야구에 올라가 한국시리즈에서 엘꼴라시코를 볼 수 있었으면 좋겠습니다.

한마디 덧붙이자면 기자든 리포터든 누구든 간에

---

* 이 돼지는 훗날 한국 프로야구의 전설이 됩니다. 명실상부한 조선의 4번 타자. 만약에 그 내야 플라이 볼이 치킨이나 보쌈이었다면 절대 떨어뜨리지 않았을 거라는 게 야구 전문가들의 공통된 견해입니다.

** 이 꼬라지를 야구장에서 직접 보고는 그다음 날부터 혈압약 먹기 시작했습니다.

'엘롯라시코'라는 근본 없고 얼척 없는 소리 좀 안 했으면 좋겠네요. '엘꼴라시코'라고 당당하게 말할 수 있는 사람은 꼴데 팬들밖에 없으니까. '엘넥라시코' 같은 족보도 없고 창의력도 없는 드립도 제발 좀 그만하고요.

엘꼴라시코라는 명칭에 대한 저작권 갖고 계신 분이 무자비한 소송 걸어서 콩밥들 좀 먹여줬으면 좋겠습니다.

맺는 말

친구로부터 뉴질랜드에서의 일상을 책으로 내보는 게
어떻겠냐는 제안을 받은 이후,
맨날 버스 유턴하고 혼자 술 마시는 이야기가
무슨 책으로 낼 '꺼리'나 될까 생각했지만,
일단 저의 지나간 나날들을 다시 한 번 돌아본다는 의미로
그동안 페이스북에 올렸던 이야기들을 하나하나 정리하기
시작했습니다.

원고들을 정리하면서 페이스북에 저장된 저의 흔적들을
하나하나 살펴보니 정말로 말 그대로 만감이 교차하더군요.

맨주먹 붉은 피로 남의 나라에 이민 와서 자리 잡는 과정에서
벌어진 여러가지 울고 웃는 이야기들.
사랑하는 가족과 함께했던 즐거웠던 시간들.

그리고 지금은 헤어진 전처와의 행복했던 추억들.
뉴질랜드의 청정하고 여유로운 삶을 부러워하고
동경하는 분들도 많이 계시지만 이 나라라고 해서
힘든 날이 왜 없고 괴로운 일이 왜 없겠습니까.

다만 질질 짜면서 죽는 소리 하는 거 별로 좋아하지 않는
제 성격상 가능하면 긍정적으로 좋은 쪽으로 생각하고
넘어가는 게 더 낫겠다 싶어서 나름 재미있었고 즐거웠던
이야기들만 골라서
힘들었거나 짜증났던 이야기도 가능하면
재미있게 각색해서 한국은 물론 세계 각국에
계신 페이스북 친구들과 공유하다 보니
저의 찌질했던 삶도 웬지 한층 밝았던 것처럼 보여지네요.

열받는 일이 있더라도 한 번 웃고 넘어가는 슬기로움과
삶이 고달프고 힘겨울수록 그 속에서 작은 즐거움을
찾아가는 일이 험한 세상을 살아가는 저희들에게
꼭 필요하다고 생각합니다.

'꼰대력' 충만한 대한 아재의 뉴질랜드 좌충우돌
이야기들이 잠시라도 현실의 고단함을 내려놓는데
조그마한 도움이라도 되셨길 바라오며 이쯤에서 역시

제 페이스북 대문 앞에 걸려 있는 곰돌이 푸우가 남긴 멋진 말로 마무리하겠습니다.
감사합니다.

"매일매일 행복하진 않지만 행복한 일은 매일매일 있어."

2024년 늦은 여름 뉴질랜드 실버데일에서
연쇄유턴마 김형진